晨曦中纯真的笑脸，艳阳下欢快的笑声，夕阳里跳跃的身影。成长的每日每夜，快乐的每时每刻，愿美丽的童话盛开在你童年缤纷的四季中，经典的故事沉淀在你成长的潺潺溪流中……

U0632661

最难忘的童年经典

王子童话

WANGZI TONGHUA

崔钟雷 主编

黑龙江美术出版社

图书在版编目(CIP)数据

王子童话 / 崔钟雷编. -- 哈尔滨：黑龙江美术出
版社，2015.3
（最难忘的童年经典）
ISBN 978-7-5318-5924-6

Ⅰ．①王… Ⅱ．①崔… Ⅲ．①童话—作品集—世界
Ⅳ．①I18

中国版本图书馆 CIP 数据核字（2015）第 057223 号

书　　名 / 王子童话

主　　编 / 崔钟雷
策　　划 / 钟　雷
副 主 编 / 王丽萍　苏　林　于姗姗
责任编辑 / 林宏海
装帧设计 / 稻草人工作室
出版发行 / 黑龙江美术出版社
地　　址 / 哈尔滨市道里区安定街 225 号
邮政编码 / 150016
编辑版权热线 / （0451）55174988
销售热线 / 4000456703　　（0451）55183001
网　　址 / www.hljmscbs.com
经　　销 / 全国新华书店
印　　刷 / 龙口众邦传媒有限公司
开　　本 / 787mm×1092mm　1/16
印　　张 / 15
字　　数 / 150 千字
版　　次 / 2015 年 3 月第 1 版
印　　次 / 2015 年 5 月第 1 次印刷
书　　号 / ISBN 978-7-5318-5924-6
定　　价 / 19.90 元

本书如发现印装质量问题，请直接与印刷厂联系调换。

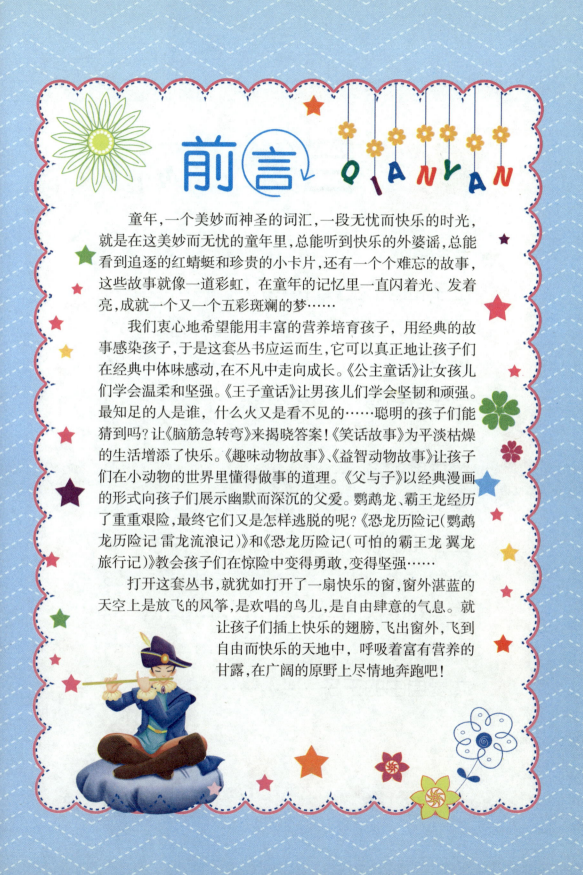

前言 QIANYAN

　　童年,一个美妙而神圣的词汇,一段无忧而快乐的时光,就是在这美妙而无忧的童年里,总能听到快乐的外婆谣,总能看到追逐的红蜻蜓和珍贵的小卡片,还有一个个难忘的故事,这些故事就像一道彩虹,在童年的记忆里一直闪着光、发着亮,成就一个又一个五彩斑斓的梦……

　　我们衷心地希望能用丰富的营养培育孩子,用经典的故事感染孩子,于是这套丛书应运而生,它可以真正地让孩子们在经典中体味感动,在不凡中走向成长。《公主童话》让女孩儿们学会温柔和坚强。《王子童话》让男孩儿们学会坚韧和顽强。最知足的人是谁,什么火又是看不见的……聪明的孩子们能猜到吗?让《脑筋急转弯》来揭晓答案!《笑话故事》为平淡枯燥的生活增添了快乐。《趣味动物故事》、《益智动物故事》让孩子们在小动物的世界里懂得做事的道理。《父与子》以经典漫画的形式向孩子们展示幽默而深沉的父爱。鹦鹉龙、霸王龙经历了重重艰险,最终它们又是怎样逃脱的呢?《恐龙历险记(鹦鹉龙历险记 雷龙流浪记)》和《恐龙历险记(可怕的霸王龙 翼龙旅行记)》教会孩子们在惊险中变得勇敢,变得坚强……

　　打开这套丛书,就犹如打开了一扇快乐的窗,窗外湛蓝的天空上是放飞的风筝,是欢唱的鸟儿,是自由肆意的气息。就让孩子们插上快乐的翅膀,飞出窗外,飞到自由而快乐的天地中,呼吸着富有营养的甘露,在广阔的原野上尽情地奔跑吧!

目录
MULU

活命的水 …………………………… 9

王子和退伍士兵 …………………… 14

森林中的老太婆 …………………… 20

极乐园 ……………………………… 26

王子与鹦鹉 ………………………… 34

神奇的布谷鸟 ……………………… 37

曼普里王子 ………………………… 41

学习害怕 …………………………… 43

王子和小偷 ………………………… 46

金梨 ………………………………… 53

王子和琳达 ………………………… 58

猴子新娘 …………………………… 65

热爱自由的王子 …………………… 73

伊布王子、金鸟和狮子 …………… 79

三兄弟 ………………………… 87

妖精妹妹和太阳姐姐 …………… 90

小矮人 ………………………… 93

勇敢的王子 …………………… 97

真假王子 ……………………… 100

猫头鹰王子 …………………… 103

王子和两姐妹 ………………… 106

王子和小仙女 ………………… 109

百灵鸟王子 …………………… 112

萨拉和加拉 …………………… 115

蛇王子 ………………………… 118

王子和灰狼 …………………… 121

爱喝酒的王子 ………………… 124

王子和巨人 …………………… 128

青蛙王子 ……………………… 138

王子和聪明的姑娘 …………………… 148

三片叶子 ……………………………… 155

一个金苹果 …………………………… 164

思念王子 ……………………………… 171

爱闯荡的王子 ………………………… 179

伊万王子和金豹朋友 ………………… 185

玉石雕像 ……………………………… 188

聪明的王子 …………………………… 191

石竹花 ………………………………… 194

十二个猎人 …………………………… 201

萨瓦王子 ……………………………… 204

王子救公主 …………………………… 208

王子寻妻记 …………………………… 215

王子的爱 ……………………………… 222

歌唱高飞的云雀 ……………………… 227

活命的水

○ 以邪恶之心待人是不会有好结果的。

yí wèi guó wáng dé le zhòng bìng　tā de sān gè ér zi dōu hěn shāng
一位国王得了重病,他的三个儿子都很伤

xīn　yǒu yí wèi lǎo rén gào su tā men shuō　zhǐ yào hē dào huó mìng de shuǐ
心,有一位老人告诉他们说,只要喝到活命的水,

guó wáng de bìng jiù huì hǎo　tīng dào zhè ge xiāo xi　tā men sān gè dōu hěn gāo
国王的病就会好。听到这个消息,他们三个都很高

xìng　dàn tā men yòu hěn shāng xīn　huó mìng de shuǐ dào dǐ qù nǎ lǐ zhǎo ne
兴,但他们又很伤心,活命的水到底去哪里找呢?

kàn dào bìng zhòng de fù qīn　tā men
看到病重的父亲,他们

xià dìng jué xīn qù zhǎo huó mìng de shuǐ
下定决心去找活命的水。

wèi le zhǎo dào huó mìng de shuǐ
为了找到活命的水,

dà wáng zǐ chū fā le　lù shang yǒu
大王子出发了。路上有

yí gè xiǎo ǎi rén hé tā dǎ zhāo hu
一个小矮人和他打招呼,

童话悟语

小王子的善良和懂礼貌让他获得了帮助,并最终战胜了邪恶,得到只属于他的幸福!

9

dà wáng zǐ cháo xiào
大王子**嘲笑**
le xiǎo ǎi rén　xiǎo ǎi rén jiàn
了小矮人。小矮人见
dà wáng zǐ rú cǐ méi yǒu lǐ mào
大王子如此没有礼貌，
biàn bǎ tā kùn zài le liǎng zuò shān zhōng
便把他困在了两座山中
jiān　jiàn dà wáng zǐ bù huí lái　èr wáng zǐ
间。见大王子不回来，二王子
yě chū fā le　kě chū fā hòu yě méi le xiāo xi
也出发了。可出发后也没了消息，
xiǎo wáng zǐ yě jué dìng qù xún zhǎo huó mìng de shuǐ lái jiù
小王子也决定去寻找活命的水来救
fù qīn
父亲。

zài lù shang xiǎo wáng zǐ yě pèng dào le xiǎo ǎi rén xiǎo ǎi rén wèn
在路上，小王子也碰到了小矮人。小矮人问

tā jí jí máng máng qù nǎr xiǎo wáng zǐ tíng xia lai huí dá le tā
他急急忙忙去哪儿。小王子停下来，回答了他。

xiǎo ǎi rén duì xiǎo wáng zǐ shuō yīn wèi nǐ hěn yǒu lǐ mào wǒ yuàn yì
小矮人对小王子说："因为你很有礼貌，我愿意

gào su nǐ zěn yàng zhǎo dào huó mìng de shuǐ nà shuǐ zài yí zuò mó gōng yuàn
告诉你怎样找到活命的水。那水在一座魔宫院

zi li de yì kǒu jǐng zhōng wǒ gěi nǐ yì gēn tiě gùn hé liǎng gè xiǎo miàn
子里的一口井中。我给你一根铁棍和两个小面

bāo nǐ yòng tiě gùn zài mó gōng de tiě mén shang qiāo sān xià dà mén jiù huì
包。你用铁棍在魔宫的铁门上敲三下，大门就会

dǎ kāi mén li tǎng zhe liǎng tóu zhāng zhe dà zuǐ de shī zi nǐ gěi měi tóu
打开。门里躺着两头张着大嘴的狮子，你给每头

shī zi zuǐ li tóu yí gè miàn bāo rán hòu gǎn jǐn qù qǔ huó mìng de shuǐ
狮子嘴里投一个面包，然后，赶紧去取活命的水，

nǐ bì xū zài shí èr diǎn yǐ qián huí lái
你必须在十二点以前回来。"

xiǎo wáng zǐ shàng lù le
小王子上路了，

yí qiè dōu xiàng xiǎo ǎi rén suǒ shuō
一切都像小矮人所说

de nà yàng xiǎo wáng zǐ lái dào
的那样。小王子来到

nà zuò mó gōng tā yòng tiě gùn
那座魔宫，他用铁棍

qiāo le sān xià dà mén mén kāi
敲了三下大门，门开

le tā zǒu jìn mén li lái dào
了。他走进门里，来到

大厅，厅里坐着几位中了魔法的王子。他取下他们的戒指，拿走了一把宝剑和一个面包。他继续往前走，后来进了一个房间。房间里站着一个美丽的少女，她见到小王子很高兴，说："谢谢你救了我，如果你一年后回来，咱们就结婚。"接着她告诉小王子涌出活命水的井在哪里。

小王子还解救出了被困的哥哥们，并把自己的经历告诉了他们。哥哥们为了争夺王位，趁小王子睡觉的时候，偷偷把活命的水换成了海水。两个哥哥让小王子把假的活命水端给国王喝，国王的病情反而加重了。两个哥哥趁机诬陷（诬告陷害）小王子，并且把真的活命水拿了出来。国王的病好了，他以为小王子真的想害自己，就让一个猎人去杀小王子。猎人不忍心，就把小王子放走了。

一年的**期限**很快到了，魔宫里那个被救的公主让人在自己的宫殿前铺了一条纯金的大道。她说："骑马沿着大道来的人，一定是我的未婚夫；从道路旁边来的人，一定是假的，不能放他进宫。"

大王子和二王子来了。他们看到纯金铺成的路，觉得踩了可惜，就从旁边绕道走。结果卫兵没让他们进去。小王子一心想着公主，根本没注意看路，从路中央一路来到殿门口。门开了，公主高兴地出来迎接她的心上人，他们举行了**盛大**的婚礼，从此开始了幸福的生活。

🌸**动作描写**：小王子来见公主时的动作细节描写，表现出了他对公主的思念和想见到公主的急切心情。

王子和退伍士兵

○智慧是勇气最好的伙伴。

hěn jiǔ yǐ qián yǒu
很久以前有

yí gè yǒng gǎn de tuì wǔ
一个勇敢的退伍

shì bīng tā tuì yì hòu
士兵，他退役后

méi yǒu zhuàn dào yì fēn
没有赚到一分

qián bìng qiě shén me dōu bú huì
钱，并且什么都不会

zuò zhǐ hǎo dào chù liú làng kào hǎo xīn rén
做，只好到处流浪，靠好心人

de shī shě
的施舍（把财物送给穷人或出家人）

guò rì zi tā zhěng tiān chuān zhe yí jiàn jiù
过日子。他整天穿着一件旧

yǔ yī hé yì shuāng shuǐ niú
雨衣和一双水牛

pí zuò de xuē zi yì
皮做的靴子。一
tiān tuì wǔ shì bīng zài
天，退伍士兵在
huāng yě li màn wú mù dì de zǒu zhe
荒野里**漫无目的**地走着，
tā zǒu jìn le yí piàn sēn lín bù jiǔ jiù mí lù le
他走进了一片森林，不久就迷路了。
cǐ shí tā kàn jiàn le yí wèi yī zhuó huá lì de liè rén zhè ge
此时，他看见了一位衣着华丽的猎人，这个
rén chuān le yí jiàn lǜ sè de liè zhuāng zuò zài shù zhuāng shang yú shì
人穿了一件绿色的猎装坐在树桩上。于是，
tuì wǔ shì bīng gēn tā dǎ zhāo hu dào nǐ hǎo a wǒ kàn chu lai le
退伍士兵跟他打招呼道：“你好啊！我看出来了，
nǐ chuān le yì shuāng hēi liàng hēi liàng de hǎo xuē zi dàn shì rú guǒ nǐ yě
你穿了一双黑亮黑亮的好靴子，但是如果你也
xiàng wǒ yí yàng zài sēn lín li liú làng nǐ de xuē zi jiù chēng bu liǎo duō
像我一样在森林里流浪，你的靴子就撑不了多
jiǔ le kàn kan wǒ de xuē zi shì shuǐ niú pí zuò de wǒ yǐ jīng chuān le
久了。看看我的靴子，是水牛皮做的，我已经穿了
hěn jiǔ le zhǐ yào chuān shàng tā jiù huì yǒu yǒng qì tuì wǔ shì bīng yǔ
很久了。只要穿上它，就会有勇气。”退伍士兵与
liè rén jiāo tán le yí huìr jué de è le yú shì liǎng rén jiù yì qǐ
猎人交谈了一会儿，觉得饿了，于是两人就一起
zhǎo chī de qù le
找吃的去了。

bù zhī zǒu le duō jiǔ tā men lái dào yí zuò shí wū mén qián yí gè
不知走了多久，他们来到一座石屋门前。一个
lǎo fù rén dǎ kāi le wū mén tuì wǔ shì bīng shuō chū le zì jǐ hé liè rén
老妇人打开了屋门，退伍士兵说出了自己和猎人

的遭遇，并请求老妇人留他们在此过夜。老妇人告诉他们这里是强盗们的家，并叮嘱他们一定要在强盗们回来之前藏起来，否则会有生命危险。猎人不愿意进去，但退伍士兵硬把他拉了进去。

老妇人很同情他们，让他们藏到厨房，因为这样可以吃强盗们剩下的食物。

没想到两人刚藏到角落，强盗们就回来了。老妇人已经把饭菜准备好了，桌上摆满了好吃的东西，强盗们狼吞虎咽地吃了起来。这时，退伍士兵对猎人说："我要跟他们一起吃。"猎人劝阻道："不行，你

会没命的。”只听退伍士兵大声咳嗽着站起来。强盗们发现了他，叫道：“你们从哪里来的？怎么会藏到这里？是谁派来

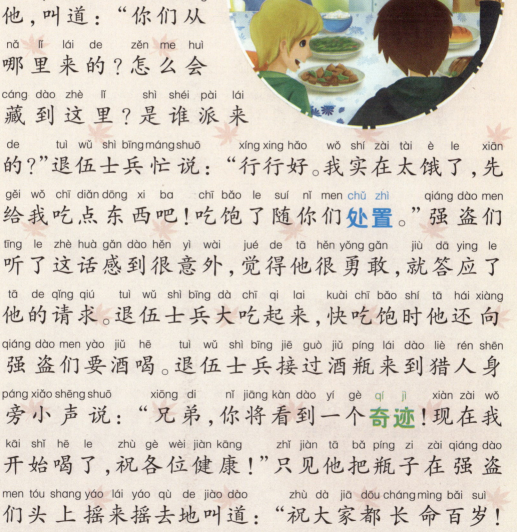

的？”退伍士兵忙说：“行行好。我实在太饿了，先给我吃点东西吧！吃饱了随你们处置。”强盗们听了这话感到很意外，觉得他很勇敢，就答应了他的请求。退伍士兵大吃起来，快吃饱时他还向强盗们要酒喝。退伍士兵接过酒瓶来到猎人身旁小声说：“兄弟，你将看到一个奇迹！现在我开始喝了，祝各位健康！”只见他把瓶子在强盗们头上摇来摇去地叫道：“祝大家都长命百岁！但请张开嘴巴，举起右手！”说着就喝下一大口。

奇迹出现了，话音刚落，强盗们都像石头一样一动不动，张着嘴巴，举起右手。猎人**钦佩**（敬重佩服）地说："你真了不起！"于是退伍士兵和猎人离开了强盗们的房子，进城去了。

他们刚到城郊，退伍士兵就找到了自己的老战友们，并说了在森林里遇到强盗的事情，在战友们的帮助下，退伍士兵把强盗们送进了监狱，还**捣毁**了强盗们的老窝。

他们继续向城里走去，士兵们看见他们，竟蜂拥而出，退伍士兵看到整个王室卫队都迎出来了，便问猎人："这是怎么回事？"猎人答道："你不知道吗？王子在外巡

童话悟语

做任何事情时都不要只凭勇气，在你拥有勇气的同时，一定要拥有智慧，这样才会取得成功。

比喻：把强盗们比作一动不动的石头，表现他们被退伍士兵定住时无法动弹的样子。

游很久了，现在回国了，所以大家都出来迎接。"

退伍士兵又问："那王子在哪里啊？"猎人说："我就是啊！"说着，王子脱下了猎人的服装，露出王袍来。退伍士兵一下子愣住了，一路上自己竟然跟王子称兄道弟，他忙向王子请罪。王子高兴地说："是你救了我的命，我要将你所做的事情告诉我父亲，请他封你做将军！"

森林中的老太婆

○ 对别人热心的帮助会换来自己内心的愉悦。

cóng qián yǒu yí gè pín qióng de xiǎo
从前，有一个贫穷的小

nǚ háir tā hé tā de zhǔ rén zài yí piàn
女孩儿，她和她的主人在一片

sēn lín li pèng jiàn le yì huǒ qiáng dào zhè
森林里碰见了一伙强盗。这

huǒ qiáng dào bǎ tā zhǔ rén de quán jiā dōu shā
伙强盗把她主人的全家都杀

le zhè ge xiǎo nǚ háir yīn wèi duǒ zài shù
了，这个小女孩儿因为躲在树

hòu cái xìng miǎn yú nàn qiáng dào men
后才幸免于难。强盗们

zǒu hòu xiǎo nǚ háir cái cóng shù
走后，小女孩儿才从树

hòu chū lái tā kàn dào zhè zhǒng qíng
后出来，她看到这种情

jǐng bù jīn bēi tòng de kū qi lai tā yì biān kū yì biān shuō wǒ gāi
景，不禁悲痛地哭起来，她一边哭一边说："我该

怎么办呢，我怎么才能走出这片森林呢？森林里没有人，我肯定会饿死的。"于是她开始四处乱走，想找条路出去。但是天渐渐黑了下来，小女孩儿坐在一棵大树下，希望上帝能够**保护**她。她想，不管发生什么事情，她都

不会离开这棵树。过了一会儿，一只白鸽飞了过来。它的嘴里还衔着一把金钥匙。它把钥匙放在小女孩儿的手上，说："你看到那棵大树上的小锁了吗，用这个小钥匙打开它，你就能得到很多食物。"小女孩儿按照白鸽的**指引**（指点引导）打开了树上的锁，发现里面有个小盘子，盘子里是牛奶和面包，她吃饱后觉得累了，就说："要是能有张床睡觉该多好啊！"刚说完，白鸽又飞来了。它又给了小女孩儿一把金钥匙，让她打开另一棵树。小女孩儿按照它的吩咐做了，结果她在树里看到了一张白色的床，于是她就躺下睡觉了。第二天早上，白鸽又来了，这次，它给小女孩儿的是**镶嵌**着金

童话悟语

故事中的小女孩虽然贫穷，但她很乐于助人。小朋友，我们也要向她学习，主动帮助身边需要帮助的人。

银珠宝的衣服。从那以后，小女孩儿就住在森林里，而那只白鸽则给她带来**各种各样**的东西。

　　一天，白鸽飞到小女孩儿身边，问小女孩儿是否愿意帮它一个忙。小女孩儿说："愿意。"小白鸽说："我要把你带到一间小屋前，你进去后，会有一个坐在火炉旁的老妇人对你说'你好'，你不要理她，只要从她面前走过去。再向前走，你会看到一扇打开的门，走进去，里面有各式各样的戒指，你在里面找一个没有**装饰**的，找到后赶快回到我这里来就可以了。"小女孩儿走进了那个屋子，没有搭理那个老妇人，而那个老妇人试图抓住想冲进屋里的小女孩儿，但是被小女孩儿**挣脱**了。小女孩儿在众多闪闪发光的戒指里无论如何也找不到那个没有装饰的。正在焦急时，小女孩儿发现老妇人手里提着一只鸟笼，正准备偷偷地溜走。小女孩儿追过去夺过鸟笼仔细一看，原来那只小鸟的嘴里正叼着那个没有装饰的戒指。于是她把手伸进去拿出了戒指，跑回那棵树下。她以为小白鸽会来拿这枚戒指，但是等了很久白鸽都没来。她就靠在那棵树下等，这时她觉得树干在变软，树枝也垂了下来。小女孩儿扭头一看，她所依靠的树竟然变成了一个英俊**潇洒**(自然大方，有韵致，不拘束)的年轻人。年轻人对她说："是你解除了那个老巫婆的妖术，把我救了

🐾 **词语运用**："竟然"表现出了小女孩看到大树变成人时的震惊和不可思议。

出来，她把我变成了一棵树，每天还有两个小时要变成白鸽，只要她还**拥有**这枚戒指，我就永远都不能恢复人形。"接着，那些被巫婆变成了树的仆人和马匹都**摆脱**了巫术，站在他的身后，原来这个年轻人是王子。王子把他们重新带回了王宫，后来王子和女孩儿结了婚，过上了幸福的生活。

极乐园

○一切美好都值得我们用心去珍惜。

cóng qián yǒu yí gè wáng zǐ tā yǒu xǔ duō shū shì jiè shang de
从前，有一个王子，他有许多书。世界上的
hěn duō shì qing tā dōu kě yǐ cóng shū zhōng liǎo jiě dào dàn shì guān yú jí
很多事情他都可以从书中了解到，但是关于极
lè yuán de shì shū zhōng què
乐园的事，书中却
zhǐ zì wèi tí ér tā zuì
只字未提，而他最
xiǎng zhī dào de què zhèng shì
想知道的却正是
zhè jiàn shì
这件事。

一天，他独自在森林中散步，突然下起雨来，王子全身都被淋湿了。这时，他看到前面一个洞口闪着火光，洞中有一堆火，上面正烤着一只鹿。一个又高又壮的老妇人正坐在火堆旁，一根接一根地向火里添加木柴。

老妇人让王子进来烤火，并告诉他，她是风妈妈，她有东风、西风、南风、北风4个儿子。不一会儿，北

fēng dài zhe yì shēn bīng lěng de hán qì zǒu le jìn lái
风带着一身冰冷的寒气走了进来。

běi fēng jiǎng shù le zì jǐ zài chà bu duō yí gè yuè de shí jiān li
北风**讲述**了自己在差不多一个月的时间里

dōu pǎo dào nǎ lǐ qù le
都跑到哪里去了。

zhè shí xī fēng zǒu le jìn lái tā kàn shang qu xiàng yí gè yě
这时，西风走了进来，他看上去像一个野

rén shēn tǐ jiàn zhuàng tóu shang dài zhe yì dǐng dà yánr mào
人，身体健壮，头上戴着一顶大檐儿帽。

nǐ cóng nǎ lǐ lái fēng mā ma wèn cóng mào mì de sēn lín
"你从哪里来？"风妈妈问。"从**茂密**的森林

lái tā shuō nàr de zǐ téng xiàng lí ba yí yàng bǎ shù yì kē
来！"他说，"那儿的紫藤像篱笆一样，把树一棵

kē dōu wéi le qǐ lái
棵都围了起来。"

bù yí huìr nán fēng yě huí lái le tā guǒ
不一会儿，南风也回来了。他裹

zhe tóu jīn shēn zhuó ā lā bó rén chuān de dà chǎng
着头巾，身着阿拉伯人穿的大氅。

zhè lǐ kě
"这里可

zhēn lěng tā yì
真冷！"他一

biān shuō yì biān
边说一边

xiàng huǒ li rēng
向火里扔

le jǐ gēn mù
了几根木

柴，北风却**反驳**说：“这儿太热了！”接着，南风给大家讲了他在非洲的经历。

又过了一会儿，东风来了，他的穿戴很像中国人。他说：“明天我就要到极乐园去了。”“把这片棕榈叶子送给极乐园的仙女吧！”南风对东风说。然后，他们开始吃起那只烤鹿来。王子与东风很快就成了好朋友。

王子向东风打听

起极乐园的事，东风说：

"如果你想去那里，明天就和我一起走吧！"

第二天清早，王子醒来时，他已经飞在高高的云朵上面了。他趴在东风的背上，东风稳稳当当地背着他。

东风用手托着王子把他带到了极乐园，园里一派**生机盎然**的景象。花儿和叶子唱着美妙的歌儿，生长在这里的棕榈树**挺拔**（直立而高耸）而茂盛。这样美丽的景色就像是一幅图画，这

🐾 **细节描写**：通过对花儿、叶子和棕榈树的描写，展现了极乐园生机勃勃的美丽图景，细腻动人。

shì dòng wù yǔ zhí wù zuì wán měi de zǔ hé
是动物与植物最完美的组合。

jí lè yuán de xiān nǚ lái le dōng fēng bǎ zōng lǘ yè sòng gěi tā
极乐园的仙女来了，东风把棕榈叶送给她。
jiē zhe xiān nǚ dài wáng zǐ shàng le chuán àn biān gāo sǒng rù yún de āi
接着，仙女带王子上了船。岸边高耸入云的埃
jí jīn zì tǎ tān tā de zhù zi hé bàn mái zài shā zhōng de rén miàn shī
及金字塔、坍塌的柱子和半埋在沙中的人面狮
shēn sù xiàng lù xù hòu yí wàng zhe zhè xiē yí dòng hé biàn huàn de hé àn
身塑像陆续后移。望着这些移动和**变幻**的河岸
fēng jǐng wáng zǐ jīng tàn bù yǐ
风景，王子惊叹不已。

shàng àn hòu xiān nǚ bǎ tā lǐng jìn dēng huǒ
上岸后，仙女把他领进灯火
huī huáng de dà tīng zhǐ jiàn shào nǚ men tán zòu zhe
辉煌的大厅，只见少女们弹奏着

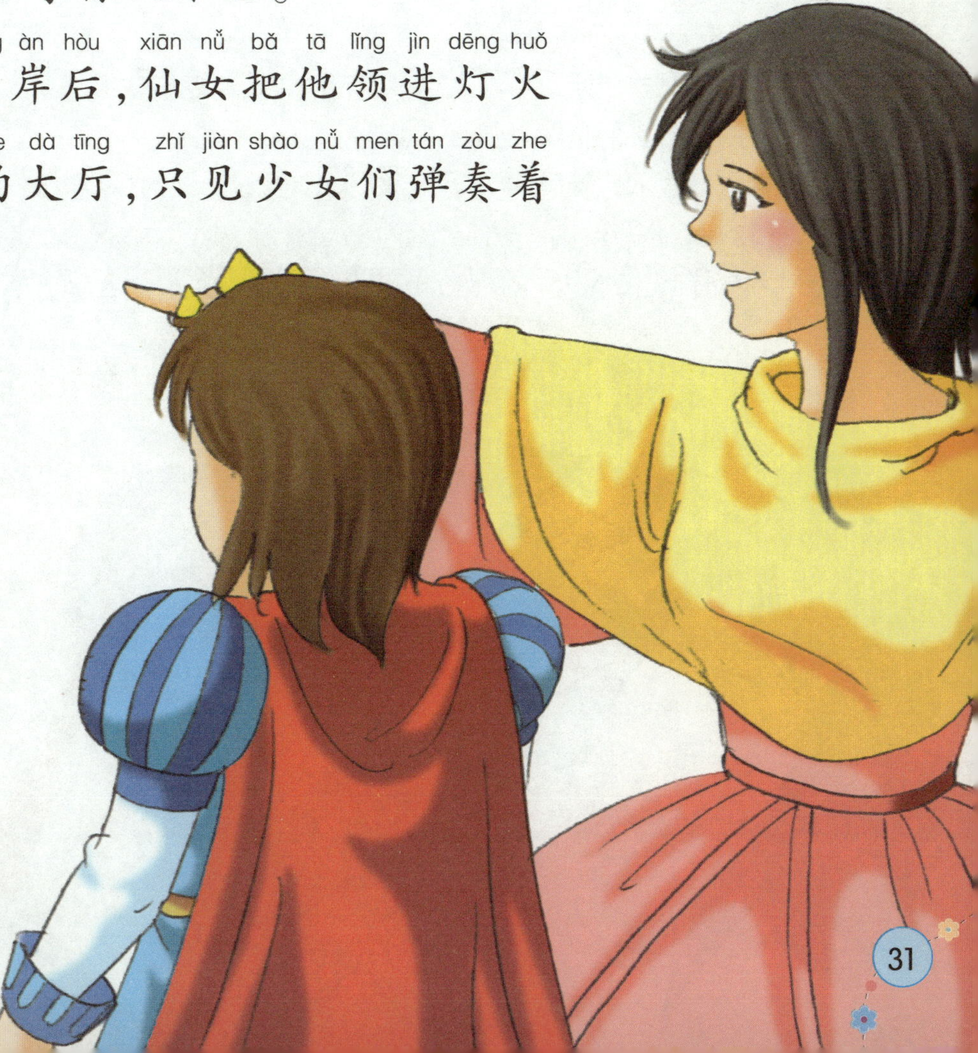

竖琴，一个少女穿着飘逸的薄纱裙，摇摆着她纤细的腰，轻盈地舞动着。她们在歌唱生命的存在，歌唱极乐园里永远百花盛开。

太阳落下去了，仙女脱下她那闪闪发光的衣裳，把树枝推开，转眼间就藏到树林里去了。

王子跟随着她也来到了树林里，他看见仙女已经在里面睡下了，姿态非常美丽。

仙女在睡梦中微笑着，王子向她弯下身去，却看见泪水在她的眼角流淌。"这是幸福的眼泪吗？"他轻轻地说，"和你在一起是我

最大的幸福。"

于是，他亲吻了她脸颊上的泪水，他的嘴唇碰到了她的嘴唇。

这时突然响起一声巨雷，美丽的仙女和鲜花盛开的极乐园都沉陷到极深的地下，没入了**漆黑**的夜里，变成了一颗颗闪闪发光的星星，在极远的地方**闪烁**（动摇不定，忽明忽暗）着。所有美好的事物都消失了，死一般的寒冷浸透了王子的躯体。

这时，王子发现自己正站在风洞附近的大森林中，风妈妈正愤怒地盯着他。站在她身边的死神说："居然对极乐园的仙女如此无礼，他真是该死！不过我让他再多活几天，好让他**弃恶从善**！"于是，他们把王子赶出了这片森林。

王子与鹦鹉

○ 在弄清真相之前，不要妄下结论。

yí gè wáng zǐ　　tā yǒu yì zhī
一个王子，他有一只
shén qí de yīng wǔ　wáng zǐ shí fēn
神奇的鹦鹉，王子十分
xǐ huan tā　kě shì yǒu yì tiān　zhè
喜欢它。可是有一天，这
zhī yīng wǔ què dú zì fēi zǒu le
只鹦鹉却独自飞走了。

wáng zǐ hěn shāng xīn　què yě wú kě nài hé
王子很伤心，却也无可奈何。

shéi zhī liǎng tiān hòu　yīng wǔ xián zhe yí lì shù de zhǒng zi huí
谁知两天后，鹦鹉衔着一粒树的种子回
lái le　wáng zǐ ràng yuán dīng bǎ zhǒng zi zhòng dào huā yuán li　yì nián
来了。王子让园丁把种子种到花园里。一年
hòu　zhè kē guǒ shù jiē chū le liǎng gè guǒ zi　lǎo yuán dīng liú xià
后，这棵果树结出了两个果子。老园丁留下
yí gè guǒ zi　dǎ suàn bǎ lìng yí gè guǒ zi sòng gěi wáng zǐ　wáng
一个果子，打算把另一个果子送给王子。王

子手下有个很坏的大臣，他想杀掉那只神奇的鹦鹉，大臣对园丁说想看看果子，园丁同意了。

大臣在那个果子里下了剧毒。第二天，园丁把这个果子献给了王子。王子刚想尝尝这个果子，大臣就说："这个果子有毒。"王子听了，就先切了一块儿喂给了狗，狗当场就被毒死了。王子一气之下杀死了鹦鹉，还下令把树砍倒并把园丁处死。刽子手先砍掉了树，然后到处寻找园丁，却发现花园里只

有一个年轻的男子，刽子手把他带到王子面前。王子问他是谁？那个男子说："我是园丁。"王子说："怎么可能？园丁是个老头儿啊！"男子说："我听说王子要杀我，就吃了另一个果子。本来以为会被毒死，没想到却变年轻了。"

王子一听，才知道**冤枉**（使无罪者有罪；没有事实根据，给人加上恶名）了鹦鹉。此后，他一直在后悔中度过，直到去世。

童话悟语

王子在杀死了鹦鹉之后才知道事情的真相，可是后悔已经来不及了。我们做事情时，千万不要不分青红皂白，要弄清楚事情的真相再下结论。

神奇的布谷鸟

○不要让吝啬和贪婪去导演你的人生。

很久以前，有一对儿王子，他们的父亲生了很急的病，来不及交待后事就去世了，结果王位被他们的叔叔**篡夺**（用不正当的手段夺取地位或权力）了。叔叔是个很坏又很**贪婪**的人，他害怕兄弟俩夺回原本属于他们的王位，所以，他把兄弟俩送到民间，让他们过着下等人的生活。但兄弟

童话悟语

吝啬的叔叔对兄弟俩不好，而且十分贪婪地掠夺兄弟俩的财产，最终落得了可悲的下场。吝啬和贪婪是一对双胞胎，希望你不要和它们成为朋友。

俩很善良，从来没有怪过叔叔，也从来没想过要夺回王位。

一天，兄弟俩到山上砍柴，遇到了一只受伤的布谷鸟。善良的兄弟俩把布谷鸟带回了家，并且把他们仅有的食物喂给了布谷鸟。布谷鸟吃饱后，居然从嘴里吐出了一个金币，兄弟俩开心极了。但是世界上没有不透风的墙。这件事情被他们的叔叔知道了，他便来向兄弟俩要布谷鸟。兄弟俩把布谷鸟给了叔叔，并且**叮嘱**他一定要喂饱它。可是叔叔把布谷鸟带回王宫后，也不喂它，只是一个劲儿地喊："布谷鸟，快给我吐金币！"没想到布谷鸟却吐了一条虫子。他气坏了，把布谷鸟一把摔死了。

❀ 语言动作描写：叔叔对待布谷鸟的语言动作表现出了他的贪婪和残忍本性。

兄弟俩要回了布谷鸟的尸体，伤心地哭了很久，最后把它埋了起来，不久之后在埋布谷鸟的地方长出一棵树，树越长越大，然后结满了金色和银色的铃铛，风一吹，铃铛就"哗啦啦"地响，从远处看漂亮极了。这件事又被他们的叔叔知道了，叔叔又来抢这棵树，兄弟俩誓死（立下誓愿，表示至死不变）不给他，他就拿了一把斧子来砍树。

当他的斧子砍到

树上的时候，

cóng shù shang diào xia
从树上掉下
lai yí gè líng dang
来一个铃铛，
bǎ tā zá sǐ le
把他砸死了。
xiōng dì liǎ
兄弟俩
huí dào wáng gōng
回到王宫，
gē ge jì chéng le
哥哥继承了
wáng wèi shàn liáng
王位，善良
de xiōng dì liǎ guò
的兄弟俩过
shàng le xìng fú kāi
上了幸福开
xīn de shēng huó
心的生活。

曼普里王子

○ 像爱自己一样爱天下人。

从前，有一个叫卡拉奇的国家。有一天，突然有四个怪物**占据**了卡拉奇，四个怪物见人就吃。一时间，人们一片恐慌，纷纷逃向山洞。邻国的曼普里王子听说后，决定帮助卡拉奇的人民，他把王位继承权让给了弟弟，自己带上宝剑来到了卡拉奇，将四个妖怪全都杀死了。

童话悟语

曼普里把爱推广到邻国，他帮助邻国的人民过上了幸福的生活。我们也要学习这种推己及人的思想：尊敬自己的长辈，更要尊敬他人的长辈。

卡拉奇的人民很感激曼普里王子的帮助，就**拥戴**（拥护推戴）他做了他们的国王。

后来，曼普里的弟弟又把王位还给了他。于是，两个国家合为一个国家，人民过上了幸福的生活。

学习害怕

○ 每个人身上都有闪光点。

cóng qián yǒu yí wèi guó wáng　tā yǒu liǎng gè ér zi　dà wáng
从前有一位国王，他有两个儿子。大王
zǐ cōng míng néng gàn　xiǎo wáng zǐ què yú chǔn bèn zhuō
子聪明能干，小王子却愚蠢笨拙（笨：不
xiǎo wáng zǐ xiǎng xué yì mén　hài pà
聪明；不灵巧）。小王子想学一门"害怕"
de běn lǐng　fù qīn sòng xiǎo wáng zǐ qù
的本领。父亲送小王子去
jiào táng guǎn shì nà lǐ xué běn lǐng　méi
教堂管事那里学本领，没
xiǎng dào　xiǎo wáng zǐ hé guǎn shì chǎo jià
想到，小王子和管事吵架，
bǎ guǎn shì cóng lóu shang rēng le xià qù
把管事从楼上扔了下去。

guó wáng hěn shēng qì
国王很生气，
gěi le xiǎo wáng zǐ wǔ shí
给了小王子五十

两银子，便**打发**他离开了家。小王子途中曾在一处经常死人的地方过夜，但也没感觉到害怕。他来到了另一个国家，住在一个旅店里，他对店主说："但愿我能学会害怕！"店主告诉他离这里不远处有一个魔宫，谁要是进去就能学会害怕；并且国王说过，谁要是敢在里面住三夜，就把公主嫁给他。

小王子来到了魔宫。第一天晚上，魔宫里跑出来许多可怕的黑猫和黑狗，小王子撵走了它们；第二天晚上，魔宫里来了许多半截身子的人，小王子和他们玩起了游戏；第三天晚上，魔宫里来了一个白胡子的巨人，小王子**战胜**了巨人，**解除**了魔宫的魔法，但是，他还是没有学到"害怕"。

国王知道小王子如此勇敢很高兴，便把公主嫁给了他，他们在一起生活得很幸福。

王子和小偷

○ 人要在困境中学会成长。

cóng qián yǒu yí gè qín láo de lǎo guó
从前有一个勤劳的老国
wáng tā bǎ guó jiā **zhì lǐ** de ān dìng fán
王，他把国家**治理**得安定繁
róng rén men guò zhe xìng fú kuài lè de shēng
荣，人们过着幸福快乐的生
huó bú liào nián lǎo de guó wáng tū rán shēn huàn
活。不料年老的国王突然身患
zhòng bìng zhǐ néng tǎng zài chuáng shang le wú
重病，只能躺在床上了。无
nài lǎo guó wáng wéi yī de ér zi nián
奈，老国王唯一的儿子——年
qīng de kǎ tǎ wáng zǐ dài tì fù qīn guǎn
轻的卡塔王子代替父亲管
lǐ guó jiā
理国家。

kě shì wáng zǐ
可是，王子

gēn běn jiù bù dǒng de gāi zěn
根本就不懂得该怎

me zhì lǐ yí
么治理一

gè guó jiā tā
个国家，他

měi tiān jiù shì
每天就是

yóu wánr gēn
游玩儿，根

běn bù xué xí
本不学习

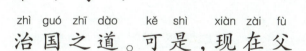

zhì guó zhī dào kě shì xiàn zài fù
治国之道。可是，现在父

qīn bìng le wáng zǐ bì xū yào zhì lǐ guó jiā le
亲病了，王子必须要治理国家了。

wáng zǐ bù zhī dào gāi zěn me zuò tā zhǐ shì měi
王子不知道该怎么做，他只是每

rì bǎ zì jǐ mēn zài wū zi li huò zhě qù fù
日把自己闷在屋子里，或者去父

qīn de wò fáng qǐ pàn fù qīn jǐn kuài hǎo qi lai yǐ biàn zhì lǐ guó
亲的卧房，企盼父亲尽快好起来以便治理国

jiā dà chén men kàn jiàn wáng zǐ bù lǐ cháo zhèng dōu hěn bù ān
家。大臣们看见王子不理朝政，都很不安，

yīn wèi yí gè guó jiā bù kě yí rì wú zhǔ a
因为一个国家不可一日无主啊！

shǒu xiàng duì cǐ hěn dān xīn tā biàn zhào jí le dà chén men kāi
首相对此很担心，他便召集了大臣们开

huì dà chén men duì wáng zǐ de xíng wéi dōu hěn bù mǎn shǒu xiàng
会。大臣们对王子的行为都很不满。首相

说："我们的王子不懂得治理国家，我们该怎么办呢？""那就找一个能治理国家的人来治理。"有一位大臣说。首相说："我们明天再去劝劝王子，如果他还是不好好儿学习治国之道，还是无所作为，为了我们的国家，我们必须要采取行动。"

第二天，首相和大臣们去求见王子，可是王子还是闭门不见。晚上，大臣们聚在首相的家里商量对策（对付的策略或办法）。王子在王宫里闷极了，便出来散心，不知不觉走到了首相家门口。这时，他看见两个黑影，

zhǐ tīng tā men
只听他们

shuō　　　zhè shì shǒu xiàng de jiā
说："这是首相的家,

yí dìng hěn yǒu qián　　shǒu xiàng xiàn zài zhèng
一定很有钱,首相现在正

hé dà chén men shāng liang dà shì　　zán men chèn jī
和大臣们商量大事,咱们趁机

qù tōu xiē qián lái　　wáng zǐ hěn qí guài　tā hěn xiǎng
去偷些钱来。"王子很奇怪,他很想

zhī dào shǒu xiàng hé dà chén men zài shāng liang shén me dà shì　biàn
知道首相和大臣们在商量什么大事,便

duì liǎng gè xiǎo tōu shuō　　nǐ men hǎo　wǒ yě shì xiǎo tōu　ràng wǒ
对两个小偷说:"你们好,我也是小偷,让我

jiā rù nǐ men ba　　duō yí gè rén chéng gōng de　jī huì yě huì dà yì
加入你们吧,多一个人成功的机会也会大一

xiē a　　　liǎng gè xiǎo tōu tóng yì le
些啊!"两个小偷同意了。

　　wáng zǐ hé xiǎo tōu men jìn le shǒu xiàng de jiā　liǎng gè xiǎo tōu
王子和小偷们进了首相的家,两个小偷

máng zhe qù zhǎo jīn yín cái bǎo　wáng zǐ què tōu tōu de lái dào shǒu
忙着去找金银财宝,王子却偷偷地来到首

xiàng hé dà chén men kāi huì de wū wài　zhǐ tīng shǒu xiàng shuō　　jiù
相和大臣们开会的屋外。只听首相说:"就

zhè me dìng le　　ràng nián qīng de wáng zǐ zhěng rì mēn zài wū li ba
这么定了,让年轻的王子整日闷在屋里吧,

我们找一个有能力的人来治理我们的国家。"王子很吃惊，他没想到首相和大臣们会秘密**谋反**（暗中谋划反叛国家或政治集团）。两个小偷拿了很多金银财宝，王子对他们说："咱们合作很愉快，明天早上，你们在城门口等我，我会给你们一个发大财的机会。"

王子回到了宫里，他感到了前所未有的危机感。第二天早上，王子早早儿地来到了议政厅，他召集了所有的大臣。大臣们都很奇怪，不知道为何王子突然要**理政**了。

王子坐在华丽的王位上，对首相说："首相，我们的国家现在怎么样？"首相说："尊敬的王子，我们的国家现在安定祥和，人们安居乐业。""是吗？"王子说，"我却知道我们国家有两个小偷，他们现在就在城门口。"说完，王子让人把那两个小偷带到了宫里。小偷们一看见王子都很吃惊，忙叩头求饶。王子说："你们犯的是小罪，可是现在却有人犯了**蓄意**谋反的大罪。"王子让人把首相抓了起来，大臣们都很吃惊和害怕，只有首相一个人**镇定自若**。他说："尊敬的王子，如果我犯的罪能让你学到治

国的本领，不再不理政事，我甘愿领死！" 🐾

王子一听，想到自己以前的行为觉得很羞愧，下令**释放**了首相。他来到了父亲的卧房，请求父亲的原谅，他决定从此好好儿向大臣们学习怎么治理好国家。

首相和大臣们尽心**辅佐**（协助）王子。不久，王子就能独自治理国家了。后来，老国王的病好了，但他没有继续执政，因为他看到王子已经完全可以胜任国王这一职位了，于是便把王位传给了王子。

🐾**语言描写**：首相对王子的一番肺腑之言，表现了他的正直品质和对国家的忠诚。

金梨

○ 孝心是为人的根本。

在一个遥远的国家，有个
老国王，他有一个非常
孝顺的儿子。老国王
生病了，而且病
得很厉害，什么
东西都无法治好他的
病。医生说，只有到
一个很远的地方找一

种金梨，才能治好国王的病。孝顺的王子一听，马上向着那个地方**出发**了。

王子来到了一片大森林中，他发现了一所老房子，一位老人坐在门口，样子很难看，老人对王子说："早上好，王子！""早上好，老先生。"王子回答。老人让他下马，进入屋中休息。王子吃了一些东西，就问老人是如何知道他是王子的。

老人说："我不但知道你是王子，我还知道你来这儿是为了什么！所以，你今天就住这儿吧。晚上不管听到什么，一定不要害怕。各种各样的虫子都会来**捣乱**，在你身上爬来爬去，不过你

童话悟语

孝敬父母是中华民族的传统美德，王子为了救自己的父亲，历尽千辛万苦，他的努力没有白费。最终，他拿到了他想要的东西，医好了父亲的病。孩子们，我们也要做个孝顺并有毅力的人。

不用在意，千万别乱动，不然你会后悔的！"

可怜的王子硬着头皮上了床，他刚要睡着，就来了很多的虫子，上上下下无处不在，他整整一夜都没敢睡觉，也没敢乱动。

第二天早上，老人问王子睡得怎么样，王子说他根本就没有睡觉。王子问老人："老

🐾 **细节描写**：细致描写王子所忍受的痛苦，间接表现出他要拿到金梨的坚决态度。

先生，怎样才能得到金梨呢？"老人告诉王子："明天早上你骑上我的马，一路向前走。你会看见一座非常大的古堡，你要做的第一件事就是先渡过一条黑色的河，到达古堡的门口时，你会看见第一个入口有两个巨人把守，第二个入口由狮子和恶龙把守。它

们只有白天的一个时辰是睡觉的，所以你要在这个时辰里尽快拿到你需要的东西。进入古堡后，你会看见一个宽大的房间，然后从走廊走到花园，在那里有一棵金梨树，你可以在那里摘到你需要的金梨，拿回去为你的父亲治病。你拿到金梨后，要尽快离开那里，无论发生什么，千万不要回头去看！"

第二天，王子按照老人的**指点**（指出来使人知道；点明），果然拿到了金梨。王子带着金梨回到了家里，国王吃完金梨后，病很快就好了。

王子和琳达

○理想是用来追求的，不是用来幻想的。

zài ào dì lì nán bù　yǒu yí gè guó wáng　tā yǒu yí gè ér
在奥地利南部，有一个国王，他有一个儿
zi　 zhǎng de hěn yīng jùn　piào liang　wáng zǐ hěn yǒng gǎn　 yǒu yì
子，长得很英俊、漂亮。王子很勇敢，有一
tiān　wáng zǐ tīng shuō zài wáng guó xī bù de sēn lín li yǒu yì tóu bái
天，王子听说在王国西部的森林里有一头白
sè de xióng　 yú shì tā dài le liǎng gè pú rén qù dǎi xióng
色的熊，于是他带了两个仆人去逮熊。
wáng zǐ qù le yí gè yuè　huí lái zhī hòu xiàng biàn le gè rén
王子去了一个月，回来之后像变了个人

似的，不吃不喝，整天唉声叹气，最后竟躺在床上起不来了。国王非常难过，他不明白到底发生了什么事，把他的宝贝儿子变成了这样。国王去问跟王子去森林里的那两个仆人，可是仆人们也不明白是怎么回事。后来，两个仆人想了一下，其中一个回忆说，王子曾经离开过他们一阵，单独去找白熊，直到很晚才回来，回来时他就变得神情很**沮丧**（灰心失望）。

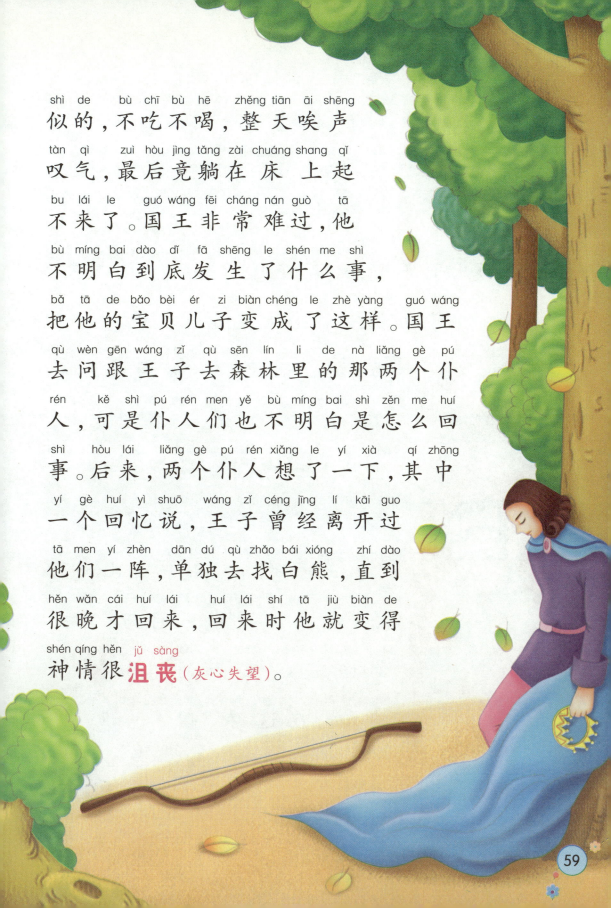

国王很爱王子，他想了一个办法，他下令从附近森林里捉一头熊送进了王宫，命人把它染成了白色，放到了宫廷花园里，然后他自己跑到儿子那里，大声嚷道："孩子，快起来，到花园里去，你会看见你日夜思念的东西。"王子费了好大的力气从床上爬了起来，朝花园走去。

当他看到花园里的白熊时，深深地叹了一口气，晕倒了。

王子的状况一天比一天糟，国王四处求医问药，可是都医不好王子的病。就在这时，国

wáng tīng shuō zài wáng guó xī bù yǒu
王听说在王国西部有
gè cōng míng de gū niang jiào lín
个聪明的姑娘叫琳
dá guó wáng lì jí pài rén qù qǐng
达，国王立即派人去请
lín dá lín dá yí lù shang dōu
琳达。琳达一路上都
zài xún wèn shǐ zhě guān yú wáng zǐ
在询问使者关于王子
de qíng kuàng tā wèn shǐ zhě
的情况。她问使者："王子叫什么名字？"使

wáng zǐ jiào shén me míng zi shǐ
王子叫什么名字？"使
zhě gào su tā qiáo ní mǎ lǐ lín dá qiāo qiāo de cóng qún dài
者告诉她："乔尼·马里。"琳达悄悄地从裙带
shang qǔ xià le yí kuàir sī jīn zǐ xì yí kàn sī jīn de yì
上取下了一块儿丝巾，仔细一看，丝巾的一
jiǎo shang xiě zhe qiáo ní mǎ lǐ lín dá wēi wēi yí xiào tā zhī
角上写着：乔尼·马里。琳达微微一笑，她知
dào zhè kuàir sī jīn shì wáng zǐ de tā xiǎng qǐ le shàng cì tā
道这块儿丝巾是王子的。她想起了上次她
zài wáng guó xī bù de sēn lín li mí le lù tǎng zài cǎo dì shang bù
在王国西部的森林里迷了路，躺在草地上不
zhī bù jué shuì zháo le xǐng lái shí liǎn shang jiù duō le yí kuàir
知不觉睡着了。醒来时，脸上就多了一块儿
sī jīn lín dá yì zhí hěn qí guài xiàn zài zhōng yú zhǎo dào le nà
丝巾。琳达一直很奇怪，现在终于找到了那
ge rén
个人。

lín dá bèi dài jìn le wáng zǐ de qǐn gōng zhǐ jiàn wáng zǐ yīng
琳达被带进了王子的寝宫，只见王子英

俊的脸上毫无生气，只有微弱的呼吸能证明他还有一丝生气。这时，琳达站在王子的床前，轻轻地说："亲爱的王子，请睁开眼睛看一看吧！"王子摇了摇头，说："我不愿意睁开眼睛，请让我安静地离去吧。"琳达说："我不能让你死，请看看我手上的东西。"王子还是不为所动，琳达又说："那就可惜了这块儿丝巾，我到现在还没找到它的主人呢。"王子一听，顿时睁开了

❀语言动作描写：王子摇头的动作和消极的话语，表现出了他的颓废和内心的沮丧。

眼睛，他看到了自己的丝巾，也看到了自己日思夜想的人。他回忆起那天在森林里发生的事情。那天，王子独自一人到森林中去追白熊，当他骑马来到森林中时，看到一个姑娘睡在草地上，王子下马走到姑娘面前时，一下子惊呆了。王子从来没有见过这么漂亮的姑娘，这时，他开始**犹豫**（拿不定主意）**不决**，既想去追白熊又想守在姑娘身边。后来，他决定趁姑娘还在睡觉，先去追白熊。于是他从腰间取下了一条丝巾，盖在了姑娘的脸上，然后起身去追白熊了。可是当他回来时，姑娘已经不见了。

现在，自己日夜思念的姑娘就站在面前，王子兴奋极了，一把抓住了琳达，高兴地说："我的病全好了。"国王很高兴，命令厨房为王子准备饭菜。不久，王子又恢复了往日的活力。国王也为他们准备好了婚宴，他们幸福地生活在了一起。

猴子新娘

○ 爱心有时候会带给你意外的惊喜。

yǒu yí gè guó wáng　tā yǒu yí duìr　shuāng bāo tāi ér zi
有一个国王，他有一对儿 双 胞胎儿子，

yí gè jiào qiáo ní　yí gè jiào sài
一个叫乔尼，一个叫赛

pǔ sī liǎng gè wáng zǐ zhǎng de
普斯，两个王子长得

hěn xiàng bìng qiě dōu yí yàng
很像，并且都一样

cōng míng qiáng zhuàng zhuǎn
聪明 **强 壮**。转

yǎn liǎng gè wáng zǐ zhǎng
眼，两个王子长

dà le
大了。

guó wáng lǎo le dàn
国王老了，但

shì tā bù zhī dào gāi bǎ
是他不知道该把

wáng wèi chuán gěi shéi　yīn wèi liǎng gè wáng zǐ tóng yàng yōu xiù　guó wáng
王 位 传 给 谁，因 为 两 个 王 子 同 样 **优秀**。国 王
zhǎo dào le tā men shuō　　nǐ men dōu dà le　yě gāi jié hūn le
找 到 了 他 们，说："你 们 都 大 了，也 该 结 婚 了，
nǐ men dōu chū qù xún zhǎo zì jǐ de qī zi ba　shéi de qī zi dài
你 们 都 出 去 寻 找 自 己 的 妻 子 吧，谁 的 妻 子 带
gěi wǒ de lǐ wù hǎo　wǒ jiù bǎ wáng wèi chuán gěi shéi
给 我 的 礼 物 好，我 就 把 王 位 传 给 谁。"

yú shì liǎng gè
于 是 两 个
wáng zǐ biàn chū fā le
王 子 便 出 发 了。
qiáo ní lái dào
乔 尼 来 到
le yí zuò dà chéng
了 一 座 大 城
shì tā ài shàng le
市，他 爱 上 了
zǒng dū de nǚ ér biàn
总 督 的 女 儿，便
xiàng tā qiú hūn zǒng
向 她 **求婚**。总
dū de nǚ ér dā ying
督 的 女 儿 答 应
le yú shì tā biàn zhǔn
了，于 是 她 便 准
bèi le yí gè hé zi
备 了 一 个 盒 子
zuò wéi lǐ wù ràng qiáo
作 为 礼 物 让 乔

尼带给了国王。国王很开心，但是他没有立即打开盒子，他要等收到赛普斯的妻子的礼物时再一起打开。

赛普斯走了很远很远，已经走出了自己的国家，但是他却一个城市都没有看到。这天，赛普斯来到了一片大森林，在这片大森林里住着众多的猴子，赛普斯感觉很奇怪，因为这些猴子就像人一样懂得礼节。原来森林里有一个巨大的猴子城堡，里面住满了猴子。赛普斯被猴子们领进宫殿，猴子们给他端来了可口的饭菜，等他吃完后，又把他领到了一间房子里休息。

劳累的赛普

斯闭上眼就睡

着了。半夜，他听

见一个声音在说：

"赛普斯，你从王宫

里出来是为了什么？"

"为了寻找我的妻

子,如果我的妻子送给父

亲的礼物好于我兄弟乔

尼的妻子送的礼物,那么

我就会继承(依法承受死者的

（遗产等）王位。"

"让我做你的妻子行吗？我会送给你父亲一件最好的礼物。"

"那好吧，我愿意娶你为妻。"

第二天早晨，赛普斯就写信给父亲，说他已经找到了妻子，过些日子就回去。信由一只猴子送到了王宫，国王看后很高兴。

第二天晚上，那个声音又一次响起："赛普斯，你真的愿意娶我？""我愿意！""你不后悔？""我不后悔！"

第二天早上，赛普斯起床吃过早饭后，来到宫殿外边，只

见一辆马车已经等在那里了。赶马车的是一只猴子，马车后面跟着四只猴子。赛普斯进了马车，马车上坐着的竟然还是一只猴子。赛普斯知道他真的要娶一位猴子为妻了，但是他却不后悔。

马车很快就到了，人们看着这辆**特殊**的马车，议论纷纷。当人们知道赛普斯王子要娶一只猴子为妻时，更是**惊讶**不已。

国王也知道了，但是他没说什么，那只猴子送给国王一个小巧的盒子。

很快就到了赛普斯结婚的日子，全国上下的人们都挤到了王宫，都想看看赛普斯王子娶猴子的情景。可是，等到赛普斯王子出来的时候，人们却看见挽着赛普斯王子的新娘竟然不是猴子，而是一位**光彩夺目**的漂亮姑娘。原来，那个猴子城是一个被人施了妖法的国家，赛普斯王子娶的猴子是那个国家的公主，只有当猴子公主被一位王子娶为妻子时，那个妖法才会解除。

国王打开了儿媳们带回的礼物。乔尼的妻子送的盒子一打开就能听见世界上最美

关联词运用："不是……而是……"是表示转折关系的关联词，说明新娘的真实身份，引起读者好奇心。

妙的音乐。而赛普斯的妻子送的盒子一打开，就能闻到世界上最美妙的香味。国王很高兴，便把王国一分为二，让两个儿子分别管理。

热爱自由的王子

○ 拥有自由的人才是最幸福的。

从前，在一个国家里，有一位王子，他总是穿着一件厚绒短大衣、一双高筒靴，戴着一顶毡帽。因为他生性**热爱**自由，人们都叫他"自由王子"。自由王子长得很漂亮，眼睛像蔚蓝的天空一样清澈明亮，看起来比太阳还要美。自由王子喜欢吹笛子，而且吹得比谁都好，他的歌声比谁都嘹亮（声音清晰响亮）。

自由王子因为热爱自由，所以他到处漂泊，时而待在这儿，时而待在那儿。姑娘们都很喜欢自由王子，都对他报以微笑，老人们则会夸他长得好……

时间长了，自由王子变得骄傲起来，觉得自己是个了不起的人了。一次，他来到了一个地方，觉得累了就坐在石头上，一边

xiū xi　yì biān ná chū dí zi
休息，一边拿出笛子，

chuī qǐ le qǔ zi
吹起了曲子。

sēn lín li de xiān nǚ tīng
森林里的仙女听

dào zhè shǒu qǔ zi hòu　gǎn dào shí
到这首曲子后，感到十

fēn gāo xìng　tā fēi chū sēn lín
分高兴。她飞出森林，

xiǎng kàn yi kàn shì shéi zài chuī qǔ zi　à　nǐ kě zhēn xìng fú
想看一看是谁在吹曲子。"啊，你可真幸福！"

xiān nǚ kàn jiàn zì yóu wáng zǐ hòu shuō dào　tīng le nǐ de dí
仙女看见自由王子后说道，"听了你的笛

shēng　huì ràng rén xīn qíng shū chàng　nǐ shuō de méi cuò　hěn duō
声，会让人心情**舒畅**。""你说得没错，很多

rén dōu xǐ huan tīng wǒ chuī dí zi　wǒ yě dí què shì gè liǎo bu qǐ
人都喜欢听我吹笛子，我也的确是个了不起

de wáng zǐ　wǒ yào shi gè diāo xiàng jiù hǎo le　nà yàng　wǒ jiù
的王子，我要是个雕像就好了，那样，我就

huì dé dào rén men gèng duō de zūn jìng　zì yóu wáng zǐ xīng fèn de
会得到人们更多的**尊敬**。"自由王子兴奋地

shuō zhe
说着。

xiān nǚ xiǎng le yí huìr　shuō　hǎo ba　wǒ kě yǐ bāng
仙女想了一会儿，说："好吧，我可以帮

zhù nǐ　shuō wán xiān nǚ jiù yòng mó bàng pèng le yí xià zì yóu
助你。"说完，仙女就用魔棒碰了一下自由

wáng zǐ　yì zhǎ yǎn de gōng fu　zì yóu wáng zǐ jiù biàn chéng le yì
王子，一眨眼的工夫，自由王子就变成了一

童话悟语

自由是每个人都向往的东西，自由王子也一样，但我们可不要像自由王子那样，有了一点资本就骄傲起来，要知道，骄傲可是我们危险的敌人。

75

尊非常美丽的金雕像，就连他坐着的石头都变成了金子的。仙女望着金光闪闪的雕像，拍了拍手，满意地走了。

变成了金雕像的自由王子寂寞地坐在石头上。自由王子的愿望得到了实现，人们从

各地赶来欣赏他。人们在他身边燃起**篝火**，他们有时唱歌，有时拉起小提琴，有时翩翩起舞……

只有自由王子一动不动，这对于热爱自由的自由王子来说，是多么难过的事情，他多想同大家一起唱歌、跳舞啊！就这样过了整整一年，自由王子还是坐在那里。这一天，仙女又从森林中飞了出来，飞到了自由王子身边。"你得到了想要的一切，那你现在幸福吗？"自由王子无法开口讲话。"哦，对了，我忘记你不能讲话了！"仙女**恍然大悟**地说。仙女用魔棒碰了一下金雕像，自由王子立刻从石头上跳起来，飞快地跑了。仙女

❀**动作描写**：自由王子重获自由后的动作——"立刻从石头上跳起来"、"飞快地跑了"，表现出了他对自由强烈的渴望。

吓了一跳，马上喊道："站住！站住！你还没告诉我你是不是很幸福呢！"但是她只听见自由王子从远处传来的声音："对我来讲，拥有自由才是最幸福的。再见啦，仙女！"

伊布王子、金鸟和狮子

○有勇有谋,再大的困难都会向你屈服。

cóng qián yǒu yí gè guó wáng   tā yǒu liǎng gè ér zi
从前有一个国王,他有两个儿子,

dà wáng zǐ jiào sāi sà   xiǎo wáng zǐ jiào yī bù
大王子叫塞萨,小王子叫伊布。

guó wáng de huā yuán zhōng yǒu yì
国王的花园中有一

棵美丽的苹果树，这棵苹果树能结出金色的苹果，漂亮极了。国王很喜欢这棵苹果树，从来不让别人碰它。

可是有一天晚上，不知从什么地方飞来一只金鸟，它落在那棵苹果树上，把金色的苹果啄食了。国王很生气，他让两个王子去花园里把金鸟抓住。第一天晚上，大王子塞萨去花园里**守夜**，结果他睡着了，金鸟又啄食了一些苹果。第二天晚上，轮到小王子伊布在花园里守夜。小王子没有睡觉，他躲在树后等着金鸟。果然，金鸟来了，落在了苹果树上，小王子悄悄地走过去，猛地扑向正在啄食苹果的金鸟，结果，灵敏的金鸟跑掉了，小王子只得到了一根金鸟的羽毛。

可是从那以后金鸟再也不来花园了。国王让大王子去外面寻找金鸟，并把它带回来，大王子带着国王的祝福上路了。小王子伊布也想去外面寻找金鸟，可是国王说："我亲爱的儿子，你的年龄还小，我怎么放心你一个人去外面呢，你还是待在我的身边吧！"小王子伊布执

童话悟语

这个故事告诉我们，只要我们有足够的勇气、胆量以及智慧，再大的困难也阻挡不了我们迈向成功的脚步。

意（坚持自己的意见，表示坚决）要去，国王只好答应了。小王子伊布也带着国王的祝福出发了。

不知道走了多少路，这天，小王子来到了一片大森林边，他把马拴在一棵树上，便躺在树下休息，谁知后来竟**不知不觉**地睡着了。这时候，从森林里钻出来一只大狮子，一口就把小王子的马咬死并吃了。小王子醒了，见没有了马，便伤心地哭起来。狮子走过来对他说："你的马被我吃掉了，这样吧，我来做你的马！"

小王子骑上狮子，狮子跑起来就像飞一样。🐾小王子打听到金鸟是伊比利特国国王养的鸟，他便骑着狮子趁着黑夜来到了伊比利特国的王宫，打算把金鸟偷走。狮子告诉

🐾 **比喻：** 把狮子奔跑的速度比作风，突出它的速度之快。

83

他，千万别摸金鸟脖子上漂亮的锁链，否则会惊动看门人的。小王子来到了关金鸟的笼子前，打开笼子捧出了金鸟，他看见金鸟脖子上漂亮的锁链可爱极了，便忍不住摸了一下，结果金鸟大叫起来，惊醒了王宫里的人，小王子被抓住了。

侍卫们把他带到了伊比利特国国王的面前，国王说："你是谁？为什么要偷我的金鸟？"小王子说："我是伊布王子，金鸟偷吃了我父亲珍爱的金苹果。"国王说："如果你正当地向我要，我会把

jīn niǎo gěi nǐ kě shì nǐ què
金鸟给你，可是你却
lái tōu nǐ bì xū wèi wǒ zuò
来偷，你必须为我做
yí jiàn shì qing wǒ cái bú huì bǎ nǐ
一件事情我才不会把你
guān qi lai wǒ men guó jiā yǒu yì zhī
关起来。我们国家有一只
piào liang de wǔ cǎi xiǎo lù wǒ yì zhí
漂亮的五彩小鹿，我一直
xiǎng jiàn dào tā què shǐ zhōng méi yǒu
想见到它，却始终没有
kàn jiàn nǐ bāng wǒ zhuā dào tā
看见。你帮我抓到它
ba xiǎo wáng zǐ dā ying le
吧！"小王子答应了。

tā qí zhe shī zi zài zhè ge guó jiā li chuān suō
他骑着狮子在这个国家里**穿梭**（像织布的梭
zhōng yú fā xiàn le wǔ cǎi lù de xíng
子来回活动，形容来往频繁），终于发现了五彩鹿的行
zōng tā zhì zuò le yì zhāng jīng qiǎo de wǎng bǎ wǔ cǎi lù zhuō zhù
踪。他制作了一张精巧的网，把五彩鹿捉住
le yī bǐ lì tè guó guó wáng hěn gāo xìng shuō nǐ hěn yǒng gǎn
了。伊比利特国国王很高兴，说："你很勇敢，
nǐ kě yǐ huí jiā le lìng wài nǐ yě kě yǐ bǎ jīn niǎo dài huí
你可以回家了，另外，你也可以把金鸟带回
qu zuò wéi wǒ duì nǐ de jiǎng shǎng wáng zǐ xiè guo guó wáng gāo
去，作为我对你的**奖赏**。"王子谢过国王，高
xìng de qí zhe shī zi huí jiā le
兴地骑着狮子回家了。

shī zi bǎ wáng zǐ sòng dào wáng gōng de mén kǒu   shuō   wǒ yǐ
狮子把王子送到王宫的门口，说："我已

jīng bāng zhù le nǐ   wǒ gāi zǒu le   shuō wán   shī zi jiù xiāo shī
经帮助了你，我该走了。"说完，狮子就消失

le   xiǎo wáng zǐ yī bù zài huí jiā de lù shang yù dào le gē ge
了。小王子伊布在回家的路上遇到了哥哥，

suī rán gē ge méi yǒu zhǎo dào jīn niǎo   kě shì yě píng ān de huí lái
虽然哥哥没有找到金鸟，可是也平安地回来

le   xiōng dì liǎng gè dài zhe jīn niǎo huí dào le wáng gōng   guó wáng hěn
了，兄弟两个带着金鸟回到了王宫，国王很

gāo xìng   tā xià lìng bǎ jīn niǎo yòu sòng huí le yī bǐ lì tè guó
高兴，他下令把金鸟又送回了伊比利特国。

cóng cǐ   liǎng guó xiāng chǔ de   fēi cháng yǒu hǎo
从此，两国相处得非常友好。

三兄弟

○ 嫉贤妒能的人是不会有大作为的。

yǒu yí gè guó wáng　　tā yǒu sān gè
有一个国王，他有三个

ér zi　dōu yǐ zhǎng dà chéng rén　kě shì tā
儿子，都已长大成人，可是他

men de mǔ qīn què bèi yāo jing lüè zǒu le　sān
们的母亲却被妖精掠走了。三

gè ér zi yì qǐ
个儿子一起

chū qù xún zhǎo mǔ qīn　　tā men yì
出去寻找母亲，他们一

qǐ lái dào yí gè xuán yá　　zhǐ jiàn
起来到一个悬崖，只见

yí jià tī zi guà zài xuán yá biān
一架梯子挂在悬崖边

shang　　zhǐ gòu yí gè rén shàng qù
上，只够一个人上去

de　　sān wáng zǐ duì liǎng gè gē
的，三王子对两个哥

ge shuō　　ràng wǒ qù ba　　nǐ men zài zhèr　　děng wǒ
哥说："让我去吧，你们在这儿等我。"

sān wáng zǐ zǒu le hěn jiǔ　　zhōng yú zhǎo dào le mǔ qīn
三王子走了很久，终于找到了母亲，

ér cǐ shí yāo jing gāng hǎo chū qù le　　mǔ zǐ èr rén bào tóu tòng
而此时妖精刚好出去了。母子二人抱头痛

kū　　sān wáng zǐ zài mǔ qīn de bāng zhù xià dǎ bài le yāo jing
哭，三王子在母亲的帮助下打败了妖精，

dài zǒu le mǔ qīn　　kě shì dāng mǔ qīn shùn zhe tī zi pá xia lai
带走了母亲。可是当母亲顺着梯子爬下来

hòu　　dà wáng zǐ hé èr wáng zǐ què bǎ tī zi gē duàn le　　dà
后，大王子和二王子却把梯子割断了。大

wáng zǐ hé èr wáng zǐ hái wēi xié
王子和二王子还**威胁**（用威力逼迫恫吓使人屈服）

mǔ qīn　　bú ràng tā bǎ zhè jiàn shì gào su bié rén
母亲，不让她把这件事告诉别人。

zài shuō sān wáng zǐ　　liǎng gè gē ge bǎ tī zi gē duàn
再说三王子，两个哥哥把梯子割断

后，他心里很难过，他手里一直攥着从妖精那里夺来的一枚戒指。突然，从戒指里出现了一个精灵，

问道："主人，有什么吩咐！"三王子很惊奇，但马上说道："带我离开这儿吧。"

三王子回到了自己的国家，两个哥哥一见到他，感到万分惊讶。母亲一看到自己的小儿子，激动得泪流满面，国王也知道了事情的经过，他把自己的大儿子和二儿子赶出了家门，并把王位传给了小儿子。

妖精妹妹和太阳姐姐

○用爱心去帮助那些需要帮助的人。

从前，有个伊凡王子，他的母亲生了个吃人的**妖精**妹妹，不得已伊凡王子便骑马离开了家。

路上，他经过两个女裁缝的家，求她们**收留**他。女裁缝们说她们已经老了，不能收留他。伊凡王子只好继续往前走，到了拔树人的家。拔树人也无法收留伊凡王子，因为他把眼前的树拔光之后，也快要死了。

童话悟语

女裁缝和拔树人得到了伊凡王子的帮助，当伊凡王子再遇到困难时，他们伸出了援手。当你的身边出现需要帮助的人时，你有没有帮助他们呢？

伊凡王子来到了太阳姐姐的家。太阳姐姐收留了他。伊凡王子爬上大山，看到国家里的人都让妖精吃光了，他很伤心，便想回家看一看。太阳姐姐给了他一把梳子和两个**返老还童**（由衰老恢复青春，形容老年人焕发青春）的苹果。路上，伊凡王子用梳子给拔树人变出很多树木。到了两个女裁缝家里，他把那两个苹果给她们吃了，她们立刻变年轻了。她们给了伊凡王子一块儿头巾。伊凡王子到了家，妖精妹妹对他假意热情，实际上是想要吃掉他。一只小老鼠让他快跑，伊凡王子赶紧骑马跑了。

妖精妹妹在后面猛追，伊凡王子扔出头巾，后面立刻出现了一个湖泊，拔树人用很多的树挡住了妖精的路，伊凡王子终于安全地到了太阳姐姐的家。

小矮人

○ 用知识武装头脑。

cóng qián yǒu yí gè nóng fū　zài jí shì shang yòng yì tóu niú hé
从前有一个农夫，在集市上用一头牛和

bié rén huàn le gè xiǎo ǎi rén　dàn tā qī zi què xián xiǎo ǎi rén méi
别人换了个小矮人，但他妻子却嫌小矮人没

yǒu shén me yòng chù　xiǎo ǎi rén shuō　wǒ
有什么用处。小矮人说："我

kě yǐ qù dǎ liè　　yú
可以去打猎。"于

shì tā yí xià zi jiù biàn
是他一下子就变

chéng le yí gè yīng jùn de qīng nián
成了一个**英俊**的青年，
chū qù dǎ le yì zhī líng yáng huí
出去打了一只羚羊回
lái cóng cǐ nóng fū jiā guò shàng
来。从此农夫家过上
le chī hē bù chóu de rì zi
了吃喝不愁的日子。

dàn shì bù jiǔ guān bīng jiù
但是不久，官兵就
lái bǎ xiǎo ǎi rén zhuā qù jiàn guó wáng le yuán lái xiǎo ǎi rén shì
来把小矮人抓去见国王了。原来，小矮人是
zài guó wáng de mù chǎng li dǎ de líng yáng guó wáng wèn tā wèi shén
在国王的牧场里打的羚羊。国王问他为什
me zài mù chǎng li dǎ liè xiǎo ǎi rén shuō yòng nín yòng bu wán
么在牧场里打猎，小矮人说："用您用不完
de dōng xi qù jiù qióng kǔ de rén bú shì yí jiàn hǎo shì ma
的东西去救**穷苦**的人，不是一件好事吗？"

nà hǎo ba nǐ rú guǒ zài míng tiān tiān hēi yǐ qián tōu bu dào
"那好吧！你如果在明天天黑以前偷不到
wǒ mù chǎng li de lǎo shān yáng wǒ jiù diào sǐ nǐ
我牧场里的老山羊，我就吊死你。"

dì èr tiān xiǎo ǎi rén bǎ zì jǐ diào zài lù biān de shù shang
第二天，小矮人把自己吊在路边的树上，
liǎng gè mù yáng rén qiān zhe guó wáng de lǎo shān yáng jīng guò zhèr kàn
两个牧羊人牵着国王的老山羊经过这儿，看
jiàn le xiǎo ǎi rén biàn shuō tài kě lián le bù yí huìr
见了小矮人，便说："太可怜了！"不一会儿，
tā men yòu zài lìng yì tiáo lù biān de shù shang kàn jiàn le yí gè diào
他们又在另一条路边的树上看见了一个吊

童话悟语

机灵的小矮人用自己的聪明才智让农夫过上了幸福的生活，他也得到了自己的幸福。我们要努力学习文化知识，让自己的头脑也变得聪明起来。

着的小矮人。一个牧羊人说：

"怎么又是他？"另一个牧羊

人说："不是刚才看见的

那个，你看错了。"他们**争**

执（争论中固执己见，不肯相让）不下，就

把老山羊拴在这棵树上，回刚才

的那棵树那儿去看个究竟。等他们

走后，小矮人就把老山羊牵回了家。

国王又让人把小矮人叫来说："你

如果在明天太阳下山前不把我的女儿

偷走，那你就要被吊

死。”当天晚上，小矮人拿着一个大袋子去了王宫。他找到公主，说：“我可以帮你找到你心爱的金球，但是你要和我一起到王宫外面去。”公主答应了他。

第二天一早，小矮人就背着公主去见国王了。小矮人说：“其实我是斯诺国的王子，我们国家的人都擅长（在某方面有特长）变化。”说着，小矮人就变成了一个英俊的青年。国王把美丽的公主嫁给了他。

勇敢的王子

○ 勇敢的人遇到困难时会选择迎头而上。

cóng qián yǒu yí wèi guó
从前有一位国

wáng tā yǒu yí gè nǚ
王，他有一个女

ér tā yì zhí bǎ tā cáng zài gōng
儿，他一直把她藏在宫

li děng gōng zhǔ dào le chū jià de
里。等公主到了出嫁的

nián líng guó wáng cái ràng tā chū gōng
年龄，国王才让她出宫。

shéi zhī bú xìng fā shēng le gōng zhǔ bèi yì
谁知不幸发生了，公主被一

gǔ lóng juǎn fēng juǎn zǒu le guó wáng pài rén sì
股龙卷风卷走了。国王派人四

chù xún zhǎo yě méi yǒu zhǎo dào gōng zhǔ méi guò
处寻找也没有找到公主，没过

duō jiǔ tā jiù yōu shāng de sǐ qù le
多久，他就忧伤地死去了。

guó wáng sǐ shí wáng hòu
国王死时，王后
zhèng huái zhe yùn bù jiǔ tā shēng
正怀着孕，不久她生
xià le yí gè wáng zǐ wáng zǐ
下了一个王子，王子
hěn kuài jiù zhǎng chéng le yí gè
很快就长成了一个
qiáng zhuàng de yǒng shì shí bā suì
强壮的勇士。十八岁

nà nián tā jué dìng qù xún zhǎo shī zōng
那年，他决定去寻找**失踪**
duō nián de jiě jie wáng hòu
（下落不明）多年的姐姐。王后
bù xiǎng zài shī qù wáng zǐ biàn quàn tā
不想再失去王子，便劝他
bú yào qù kě shì wáng zǐ zhí yì yào
不要去，可是王子**执意**要
qù wáng hòu gěi le wáng zǐ yí kuàir
去。王后给了王子一块儿
gōng zhǔ qīn shǒu xiù de shǒu pà wáng zǐ
公主亲手绣的手帕，王子
biàn shàng lù le
便上路了。

zài màn cháng de lǚ tú zhōng
在漫长的旅途中，
wáng zǐ lù guò yí gè dà chéng bǎo
王子路过一个大城堡，
chéng bǎo qián yǒu yì hóng qīng
城堡前有一泓清

98

泉。王子躺在泉水旁用手帕盖着脸睡着了。这时，一位夫人到这里游玩儿，看见了那块儿手帕，十分**惊讶**。等王

子醒来时，她问王子手帕是从哪里得来的，王子对她说了事情的经过。那位夫人抱住王子失声痛哭："我就是你要找的姐姐啊！我被妖怪抓到这里，成了他的妻子。"

　　公主带着王子来到了妖怪的城堡。王子躲在桌子下面，等到妖怪吃饭时，一剑杀死了他。王子带着公主回到了日夜**思念**他们的王后身边。

❀语言动作描写：夫人知道王子身份后的动作和语言，表现出她重新见到日夜思念的亲人时的激动心情。

真假王子

○谎言终有一天会被揭穿。

国王最小的儿子因为犯了一个很严重的错误，所以就被**流放**到了远方。他只带了一个仆人，可是他的仆人心眼儿很坏，他**逼迫**（紧紧地催促；用压力促使）王子与他互换了身份。就这样，他们一同来到了一个国家的首府。不知真相的国王热情地接待了假

wáng zǐ　bìng dǎ suàn bǎ tā piào
王子，并打算把他漂

liang de nǚ ér jià gěi jiǎ wáng
亮的女儿嫁给假王

zǐ　yīn cǐ tā men biàn zài zhè
子，因此他们便在这

ge guó jiā zhù le xià lái
个国家住了下来。

zhè shí　dí guó de jūn duì
这时，敌国的军队

qián lái jìn fàn guó wáng zháo le huāng jiǎ wáng zǐ biàn ràng zhēn wáng
前来进犯。国王着了慌，假王子便让真王

zǐ dài tā qù zhàn chǎng shā dí　zài zhàn chǎng shang　zhēn wáng zǐ hěn
子代他去战场杀敌。在战场上，真王子很

yǒng měng bǎ dí guó de jūn duì dǎ de luò huā liú shuǐ kě shì yí
勇猛，把敌国的军队打得落花流水。可是一

bù xiǎo xīn zhēn wáng zǐ de shǒu bì què bèi dí rén cì shāng le tā
不小心，真王子的手臂却被敌人刺伤了，他

diào zhuǎn mǎ tóu zhèng hǎo jīng guò guó wáng chéng zuò de mǎ chē gōng
调转马头，正好经过国王乘坐的马车，公

zhǔ lián máng qǔ xià pī jīn tì zhēn wáng zǐ bāo zā hǎo shāng kǒu zhēn
主连忙取下披巾，替真王子包扎好伤口，真

wáng zǐ chóng fǎn zhàn chǎng zhōng yú dǎ tuì le dí jūn
王子重返战场，终于打退了敌军。

huí gōng zhī hòu gōng zhǔ fā xiàn jiǎ wáng zǐ de shǒu bì wán hǎo
回宫之后，公主发现假王子的手臂完好

wú sǔn ér tā de pú rén què bāo zā zhe zì jǐ de pī jīn tā hěn
无损，而他的仆人却包扎着自己的披巾，她很

词语运用："落花流水"生动写出敌国军队的惨败，表现出真王子的勇猛无敌。

疑惑，便私下里找到真王子。真王子把他们互换身份的事情告诉了公主，公主带着他找到了国王，真王子又在国王面前把事情的始末讲了一遍。

国王为自己的女儿和真王子举行了婚礼，而把那个**冒名顶替**的仆人送上了绞架。

猫头鹰王子

○诚实守信是得到他人尊重的必要条件。

cóng qián yǒu yí wèi guó wáng　tā yǒu sān gè ér zi hé yí gè
从前有一位国王，他有三个儿子和一个

nǚ ér
女儿。

guó wáng lín sǐ qián duì ér
国王临死前对儿

zi men shuō　hái zi men　wǒ
子们说："孩子们，我

bǎ wáng wèi liú gěi nǐ men le
把王位留给你们了。

nǐ men yào zhào gù hǎo nǐ men de
你们要照顾好你们的

mèi mei　bǎ tā jià gěi dì
妹妹，把她嫁给第

yī gè xiàng tā qiú hūn de
一个向她求婚的

rén　guó wáng sǐ hòu　sān
人。"国王死后，三

个儿子共同**治理**（统治；管理）国家。

有一天傍晚，飞来一只猫头鹰，向公主求婚。哥哥们非常不愿意，但是又不想**违抗**父亲的旨意，无奈之下就把妹妹交给了猫头鹰。

公主嫁给猫头鹰后，兄弟三人有一次出去打猎，在山林里迷了路。就在他们**精疲力竭**的时候，他们来到一个湖边，居然看见了一个

gōng diàn，令人惊奇的是，宫殿里的主人居然是
宫殿，令人惊奇的是，宫殿里的主人居然是

tā men de mèi mei　yuán lái　māo tóu yīng shì yí gè bèi shī le mó
他们的妹妹。原来，猫头鹰是一个被施了魔

fǎ de wáng zǐ biàn de　zhǐ yǒu qǔ le gōng zhǔ　cái néng biàn huí rén
法的王子变的，只有娶了公主，才能变回人，

tā de gōng diàn jiù zài shān lín li　sān wèi wáng zǐ tīng shuō rú cǐ
他的宫殿就在山林里。三位王子听说如此，

jiù hěn kāi xīn tā men bǎ mèi mei jiāo gěi le tā
就很开心他们把妹妹交给了他。

童话悟语

公主的哥哥们没有因为猫头
鹰的丑陋而违背诺言，真的把公
主嫁给了他。我们在生活中也
不能以貌取人，要信守承
诺，尊重每一个人。

王子和两姐妹

○不要被你的虚荣心蒙蔽了双眼。

从前有一个王子，有一天他去打猎，路过一所房子，他听见两个姐妹在聊天。

姐姐说："如果王子能娶我，我会给他织一件金丝外衣，他穿上会显得既**神气**又英俊。"妹妹说："我不会纺织。如果王子娶了我，我会给他生两个活泼可爱的孩子。"

结果，王子娶了

童话悟语

姐姐的虚荣使她最终失去了一切，而妹妹的善良朴实为她赢得了幸福。所以，小朋友们千万不要被虚荣心蒙蔽了眼睛啊！

妹妹，他们生活得很幸福。姐姐很嫉妒，便打算**暗算**（暗中图谋伤害或陷害）妹妹。等到妹妹生孩子的时候，她买通了奶娘和保姆，把孩子抱走了，然后告诉王子，妹妹生了一包血水。王子很伤心，也没**怪罪**妹妹。等到妹妹生第二个孩子时，姐姐又像上次那样抱走了孩子，把在路上捡到的一个只有一只眼睛的孩子抱给王子看。这次，王子发怒了，把妹妹和那个一只眼的孩子撵出了王宫。

　　谁知那个一只眼的孩子是魔法师变的，他长得很快，没几天就长成了大人。魔法师在空地上建造了一座华丽的**宫殿**，又把妹妹的那两个孩子接来，妹妹和孩子们终于相聚了，他们在一起生活得很快乐。

　　世上没有不透风的墙，王子最后知道了

真相，他接回了妻子和孩子们，把姐姐撵出了王宫。

王子和小仙女

○珍惜身边的幸福。

在一个宫殿里，人们正在庆祝王子的生日，大家尽情地唱啊、跳啊，高兴极了。宴会结束后，王子兴奋得睡不着觉，就出来散步。在银色的月光下，他看到了一个

童话悟语

王子给小仙女的承诺没有兑现，最终他失去了小仙女。在我们的生活中，也许你不经意间对谁许下了诺言，但你并没有去实现。其实这很可怕，因为你失去的是别人对你的信任。

小得像洋娃娃般可爱的仙女，🐾仙女说："我本来也想去参加你的生日舞会，可是我太小了，别人会踩到我的。祝你生日快乐！"

王子觉得这个小仙女可爱极了，他上前握住了她的小手。她对王子说："只要有月亮的夜晚，我就会来见你。"就这样，王子和小仙女每见面一次，小仙女就长高一点儿，而且越来越漂亮了。王子向小仙女求婚了，小仙女说："你要永远爱我，这样我才会属于你，你一定要记住，亲爱的王子。"

婚后，他们幸福极了。七年后，王子继位

🐾 比喻：把小仙女比作洋娃娃，突出她的可爱与美丽。

了。在参加典礼的人群中，王子被一个**气质**高贵的女人吸引了，小仙女看见了，心情很沉重。小仙女变得越来越小，不知不觉中，她不见了。

不久，王子娶了那个气质高贵的女人。但婚后，那个女人无休止地向他**索取**（向人要钱或东西）财物，他这才意识到自己的错误，多次去树林里找小仙女，但小仙女却永远也回不来了。

百灵鸟王子

○真正的美是掩盖不住的。

cóng qián yǒu wèi guó wáng
从前有位国王，

wáng hòu sǐ hòu　tā yòu qǔ le
王后死后，他又娶了

yí gè xīn wáng hòu　guó wáng de
一个新王后。国王的

qián qī shēng le yí gè nǚ ér
前妻生了一个女儿，

míng jiào fú lì nà　tā zhǎng de
名叫弗丽娜，她长得

hěn piào liang yě hěn shàn
很漂亮也很善

liáng　xīn wáng hòu yě yǒu
良。新王后也有

yí gè nǚ ér　míng jiào
一个女儿，名叫

lěi xīn　tā jì bù hǎo
蕾辛，她既不好

112

kàn yě bú shàn liáng
看也不善良。

děng dào liǎng gè gōng zhǔ dōu
等到两个公主都

dào le chū jià de nián líng yī
到了出嫁的年龄，伊

bù yà wáng zǐ lái qiú qīn le
布亚王子来求亲了。

wáng hòu gěi lěi xīn chuān shàng le
王后给蕾辛穿上了

piào liang de yī fu dài shàng le huá lì de shǒu shì què ràng fú lì
漂亮的衣服，戴上了华丽的**首饰**，却让弗丽

nà chuān zhe zāng jiù de yī fu yī bù yà wáng zǐ kàn dōu méi kàn
娜穿着脏旧的衣服。伊布亚王子看都没看

lěi xīn yì yǎn què jǐn dīng zhe měi lì de fú lì nà wáng hòu hěn
蕾辛一眼，却紧盯着美丽的弗丽娜。王后很

jí dù tā bǎ fú lì nà guān le qǐ lái yī bù yà wáng zǐ kàn
嫉妒，她把弗丽娜关了起来。伊布亚王子看

bu dào fú lì nà biàn sì chù dǎ ting cái zhī dào tā bèi wáng hòu
不到弗丽娜，便四处打听，才知道她被王后

guān le qǐ lái yī bù yà wáng zǐ zài yí gè hēi yè jiàn dào le fú
关了起来。伊布亚王子在一个黑夜见到了弗

lì nà què bù xiǎng wáng hòu zǎo jiù bǎ fú lì nà huàn chéng le lěi
丽娜，却不想王后早就把弗丽娜换成了蕾

xīn yī bù yà wáng zǐ xiàng lěi xīn jiǎ bàn de fú lì nà fā shì
辛。伊布亚王子向蕾辛假扮的弗丽娜**发誓**（庄

童话悟语

偏心和嫉妒驱使新王后一直阻止伊布亚王子和弗丽娜在一起，然而她却无法阻止伊布亚王子的真心。嫉妒是我们心灵的阴影，但愿我们早日将它驱散，只留下光明与美好。

🐾 **侧面描写**：通过对比伊布亚王子看到两位公主后的反应，侧面表现出弗丽娜无法掩盖的美丽。

严地说出表示决心的话或对某事提出保证），要娶她为妻。

伊布亚王子唤来了他的飞车，和蕾辛来到了仙女那里。伊布亚王子发现自己上了当，他发誓自己**宁愿**做五年的百灵鸟也不愿意娶蕾辛。于是，仙女把伊布亚王子变成了百灵鸟。

变成百灵鸟的伊布亚王子飞到了弗丽娜的身边，天天陪着她。他们就这样过了五年。五年后，百灵鸟变回了伊布亚王子，他们成了亲，终于能够**永远**幸福地生活在一起了。

萨拉和加拉

○不要总是在失去后才追悔莫及。

从前有一个叫萨拉的王子，他有一个叫加拉的仆人。

有一天，萨拉在一个**巫师**的魔镜里看到了千里之外的美丽的拉娜公主。

他爱上了公主，每日茶饭不思，不久就生病

115

童话悟语

萨拉王子因为一个误会而使加拉变成了石头，这个结果使萨拉王子后悔一生。我们在遇到事情时，要了解真相后再做决定，这样才不会后悔。

了。医生们说要想使萨拉王子恢复健康，唯一的办法就是和拉娜公主结婚。

于是，主仆二人就去找拉娜公主。路上，春风王子告诉了加拉怎样才能找到拉娜，并说这个**秘密**不能告诉别人，否则就会变成石头。加拉帮助萨拉王子找到了拉娜，他们一起回到了王宫，过起了开心幸福的日子。突然有一天，拉娜公主不知怎么就奄奄一息了。加拉得知后，知道这是妖怪在**折磨**（使肉体上、精神上受痛苦）拉娜——因为春风王子曾经告诉过他。于是，他就在半夜里来到拉娜的房间，在她的脸上撒了几滴公鸡的血。谁知守卫向萨拉报告，说加拉偷

wěn le lā nà gōng zhǔ
吻了拉娜公主。

sà lā wáng zǐ dà nù yào shā jiā lā jiā lā hán zhe lèi shuō
萨拉王子大怒，要杀加拉。加拉含着泪说

chū le nà ge mì mì màn màn de tā quán shēn yì diǎn diǎn de biàn
出了那个秘密，慢慢地，他全身一点点地变

chéng le shí tou sà lā wáng zǐ hé lā nà gōng zhǔ kū le sān tiān
成了石头。萨拉王子和拉娜公主哭了三天

sān yè tā men bǎ biàn chéng shí tou de jiā lā fàng dào le wáng gōng
三夜，他们把变成石头的加拉放到了王宫

li liú zuò yǒng jiǔ de jì niàn
里，留作永久的纪念。

蛇王子

○一个人最宝贵的莫过于他有一颗宽容的心。

从前有个樵夫，靠打柴为生。这天，樵夫正在打柴，突然面前出现了一条大蛇。大蛇说："我不会伤害你的，只要你把你的一个女儿嫁给我！"樵夫**战战兢兢**地回到家，对三个女儿说了此事，大女儿和二女儿都不愿意。小女儿梅尔想了一会儿说："让我嫁给大蛇

吧！"到了晚上，一个英俊的青年敲开了梅尔家的门。梅尔说："你是谁？"青年说："我是蛇王子，是你的丈夫啊！只有晚上我才能变成人。"梅尔和青年度过了一个美丽的夜晚。

第二天早上，蛇王子找不到他的蛇衣了。原来，两个姐姐偷听了他们的谈话，**忌妒**地把蛇王子的蛇衣给烧了。蛇王子变成了一只鸽子，他对梅尔说："没有蛇衣，我们无法待在一起。你到一个叫勃尔达的地方找一个巫师，他能帮助我们！"

梅尔悲痛欲绝，**毅然**（坚决地；毫不犹疑地）决定去远方找那个巫师。终于，她费尽千辛万

苦，找到了巫师，蛇王子也在那里。蛇王子说："是你感动了巫师，他帮我解除了魔法。"于是，他们一起回家了。两个姐姐很担心蛇王子会报复她们，但善良的蛇王子和梅尔宽恕了两个姐姐，他们幸福地生活在了一起。

王子和灰狼

○贪心的人最后往往都会得不偿失。

cóng qián yǒu yí gè wáng zǐ　tā hěn shòu guó
从前有一个王子，他很受国

wáng de chǒng ài　zài tā shí bā suì shí　guó wáng
王的宠爱，在他十八岁时，国王

gěi le tā yì pǐ kuài mǎ hé yí dài jīn bì　ràng
给了他一四快马和一袋金币，让

tā chū qù yóu lì yì fān
他出去游历一番。

wáng zǐ shàng lù le　tā zǒu dào le　yí piàn cǎo yuán
王子上路了。他走到了一片草原

shang　yóu yú tài lèi le　tā biàn xià mǎ xiū xi　bù
上，由于太累了，他便下马休息，不

zhī bù jué jìng rán shuì zháo le　děng tā xǐng lái shí
知不觉竟然睡着了。等他醒来时，

发现他的马不见了。他四处寻找，却只找到了马骨头，王子很伤心。这时候走来一只灰狼，问王子为什么那么伤心。王子说他的马没了，灰狼说："这样吧，我带你去邻国找一匹更好的马吧！"王子说："我怎么去啊？"灰狼说："你坐在我的背上，我驮你去。但是你不能揪我的耳朵，因为你一揪我的耳朵，我就得永远**服侍**（伺候；照料）你，我可不想失去自由。"王子答应了。王子骑在灰狼身上，灰狼双腿腾起，开始跑起来——不是在地上，而是在空中奔跑。王子很惊讶，心想：要是有这样一只灰狼给自己当工具，那以后无论去哪里不都容易多

童话悟语

贪心的王子想让灰狼做自己永远的奴仆，却没有想到因此送了性命。贪心的人不但不会得到他想要的东西，而且会失去他原有的东西。

le ma　　zài shuō　　qí zhe huī láng zài tiān shàng fēi　duō　qì pài
了吗？再说，骑着灰狼在天上飞，多气派！

zhè yàng xiǎng zhe　wáng zǐ jiù yòng shǒu hěn hěn de jiū le yí xià huī
这样想着，王子就用手狠狠地揪了一下灰

láng de ěr duo　huī láng hěn shēng qì　　tā kě bù xiǎng yǒng yuǎn fú shi
狼的耳朵。灰狼很生气，它可不想永远服侍

bié rén　　jiù yì fān shēn bǎ wáng zǐ shuǎi le xià qù　　jiù zhè yàng
别人，就一翻身把王子甩了下去。就这样，

wáng zǐ bèi shuāi sǐ le
王子被摔死了！

心理描写：对王子心理的细致描写，表现出了他的贪婪和不守信用。

爱喝酒的王子

○尽自己所能地帮助他人。

从前有一个叫麦克的王子，他最大的嗜好就是喝酒。一次，麦克王子在寒冷的冬夜赶路，他自言自语道："要是能有一杯美酒暖暖身子，那该多好啊！"就在这时，一个小矮人出现

了，给他带来了一杯美酒。麦克王子没考虑（思索问题，以便做出决定）就把酒喝下去了。喝完后，他没有钱付给小矮人。小矮人就要麦克王子给他当三年的仆人，虽然麦克王子不愿意，但是他的身体却**不由自主**地跟小矮人走了。

童话悟语

麦克帮助玛丽摆脱了小矮人的魔掌。这个故事告诉我们：在遇到危险情况时，我们一定要沉着冷静，要积极动脑筋想办法，这样我们才能扭转不利的局面。

一天，他们到了一处房子里，房子里正在庆祝女孩玛丽年满十八岁的生日。小矮人想抢玛丽为妻。他们爬到了房梁上。这时，玛丽打了一个喷嚏，大家都等着神甫说"长命百岁"，不料神甫正在埋头忙着。小矮人高兴地说："哈！只要让玛丽再打两个喷嚏，她就成我的了。"玛丽又打了一个喷嚏，声音很小，大家都没听见。麦克王子看着年轻漂亮的玛丽，悲伤地想：她就要嫁给小矮人了，这是一件多么可悲的事情啊！这时玛丽又打了第三个喷嚏，就在这个关键的时

kè　mài kè wáng zǐ dà shēng de hǎn　　cháng mìng bǎi suì　 xiǎo ǎi
刻，麦克王子大声地喊："长命百岁！"小矮

rén xià pǎo le　 mài kè wáng zǐ diē dǎo zài le dì bǎn shang　tā bǎ
人吓跑了。麦克王子跌倒在了地板上，他把

shì qing de jīng guò gào su dà jiā　 mǎ lì fēi cháng gǎn jī mài kè wáng
事情的经过告诉大家，玛丽非常感激麦克王

zǐ　　dà jiā dōu shuō mài kè wáng zǐ shì gè dà hǎo rén　 dà jiā yāo
子，大家都说麦克王子是个大好人。大家邀

qǐng mài kè wáng zǐ hé tā men yì qǐ kāi huái chàng yǐn　 mài kè wáng
请麦克王子和他们一起开怀畅饮，麦克王

zǐ kāi xīn jí le
子开心极了。

王子和巨人

○不劳而获的想法是可耻的。

wáng gōng li de shēng huó jì shū shì yòu
王宫里的生活既舒适又

ān yì lìng wú shù rén xiàng wǎng rán ér
安逸，令无数人向往。然而，

yǒu yí wèi wáng zǐ què yàn juàn le zhè zhǒng
有一位王子却厌倦了这种

shēng huó tā kě wàng jiē chù wài miàn
生活，他渴望接触外面

de shì jiè yú shì tā gào bié le
的世界。于是，他告别了

fù mǔ zǒu chū le wáng gōng
父母，走出了王宫。

yì tiān tā zǒu dào yí zuò
一天，他走到一座

jù dà de fáng zi qián yīn wèi lèi
巨大的房子前，因为累

le biàn zuò zài mén qián
了，便坐在门前

休息。他
边休息边向
院内张望，只见院中
放着巨大的玩具：一些巨大的水球和几根比
人高的木柱子。

　　王子来了兴致，他走进去竖起柱子，用力
推球撞击。每当撞倒了柱子，他就一阵欢
呼雀跃。这房子的主人是个巨人，他听见了喧
闹（喧哗热闹）声，便从窗口向外看，他看见一
个普通的小人儿，正在玩儿他的九柱戏哩。

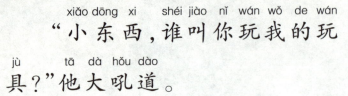

"小东西，谁叫你玩我的玩具？"他大吼道。

王子抬头看着巨人，不慌不忙地说："噢，你认为只有你才长着**强壮**的胳膊吗？只要我愿意，我什么都能干！"

巨人说："小家伙，你要真是个好样的，就去生命树上给我摘两个苹果吧。"

"为什么呢？"王子问。

"因为我的未婚妻想要它。"巨人回答，"可是我走遍天涯海角都没能找到那棵生命树。"

王子说："我一定会找到它，但是我不知道会有什么**阻碍**。"巨人说："生命树的四周围着铁栏杆，铁栏杆前又有一只挨一只的野兽守着，任何人都别想过去。就算你进了园子，看到了树上的苹果，也不能马上拿到它。因为在每个苹果的前面，都挂着一个圆环，谁想摘它，都必须把手伸过去，但是到现在都没有人敢这么做。"

王子说："我一定能办到。"于是他立刻**告别**了巨人，越过无数高山低谷，终于找到了那个奇怪的园子。巨人说得一点儿没错，生命树周围果然躲着许多野兽，可是它们现在正垂着头睡觉。王子都走到它们跟前了，它们还没有一点儿反应，于是王子从它们身上跨过去，翻过铁栏杆，顺利地进了园子。

生命树长在园子

童话悟语

巨人没有付出努力却想窃取王子的奋斗成果，这简直是痴心妄想。每个人的劳动与努力都会有相应的收获，想不劳而获是根本不可能的。

中央，现在枝头上的苹果都红了。王子顺着树干爬上去，正要伸手摘下一个来，忽然有一只圆环挂在他面前。他没有犹豫就伸过手去摘下了那个苹果。突然，圆环套进了他的胳膊，猛地收紧了，他感到自己的血管里涌进了一股强大的力量。他拿着苹果爬下了

树，走到门前抓住门环，轻轻一摇，门便"嘎啦啦"地开了，他快步走出了园子。这时，门前的一头雄狮被吵醒了，冲着他跑过来。然而它不仅没撒野，还非常**温驯**（温和驯服），它把王子当做了主人。

勇敢的王子很快就把苹果交给了巨人。巨人很高兴，他急忙去见未婚妻，并送去她想要的东西。她是一位美丽而聪明的少女，见巨人的胳膊上没有圆环，便问道："是你摘来的苹果吗？你胳膊上的圆环呢？"巨人忙**掩饰**说："我回去把它给你带来吧。"他虽嘴上这样说，心里却想着："那小东西如果不愿交出来，硬抢也容易。"

巨人果真毫不客气地向王子要圆环，没想到却遭到了王子的拒绝。巨人很生气，说："要是你不乖乖地把圆环交出来，那咱们只好**决斗**了！"

说着，他俩开始决斗起来，但是战了很久，巨人都无法取胜，因为圆环能使王子越斗越勇。这时，巨人使出计谋，他对王子说："唉，我打架打热了，你也是一样，不如先下河洗洗澡，凉快凉快，然后再打。"王子不知是计，就随着巨人走到河边，连衣带环一脱，马上跳进了河里。狡猾的巨人等王子一下水，立刻抓起圆环就跑。谁知那头雄狮却发现了他的这一举动，于是猛扑上去，一口从他手里夺下了圆环，送回主人的身边。巨人见这个计谋没有得逞，又生一计。他隐藏在不远处一棵橡树背后，趁王子上岸忙着穿衣服时，冷不防地扑上来，剜掉了他的一双眼睛。

可怜的王子瞎了，**不知所措**（不知道怎么办才好，形容受窘或发急）地站着。可恨的巨人又过来牵住他的手，装成一个领路人，一直把他领到

🐾 动作描写：狮子从巨人手中夺回圆环的迅猛动作，表现了它的勇敢和忠诚。

悬崖边上，并在旁边等着他掉下去摔死。

然而，忠实的狮子没有**抛弃**自己的主人，它咬着王子的衣服，慢慢地把他往回拖，巨人的计谋眼看又要失败了。"难道连个小不点儿也干不掉吗？"他**气急败坏**地想，"我决不善罢干休！"于是，他冲上前把王子又推到悬崖边上，谁知雄狮却猛地冲过来，把巨人撞下深渊，摔了个**粉身碎骨**。

忠诚的狮子把主人从悬崖边拽回来，领到一棵树下，而树的旁边恰好是一条清澈的小溪。雄狮跳进小溪，用爪子蘸了些水给王子洗脸。几滴水滴进了王子的眼窝，忽然他觉得能模糊地看见点儿什么了，像是恢复了视力。王子非常高兴，说："这是上帝在帮助我啊！"于是他赶紧俯身到溪水里洗了洗脸，等他坐直时，双眼已经恢复了明亮，甚至比以往更有神了。

王子兴奋极了，赶忙谢过上帝，领着狮子又继续漫游世界去了。

青蛙王子

○幸福要靠自己去争取。

很久很久以前，有一个国王，他有好几个女儿，各个都长得非常漂亮，尤其是他的小女儿，更是**美如天仙**。

王宫附近的老椴树下，有一个深水潭。天热的时候，小公主经常来这里。她最喜欢的游戏就是把一只金球抛向空中，然后再用手接住。

bú xìng de shì yǒu yí cì xiǎo gōng zhǔ shēn chū liǎng zhī xiǎo shǒu
不幸的是，有一次，小公主伸出两只小手
qù jiē jīn qiú shí què méi yǒu jiē zhù jīn qiú diào zài dì shang yí
去接金球时却没有接住，金球掉在地上，一
xià zi jiù gǔn jìn le shuǐ tán li xiǎo gōng zhǔ shāng xīn de kū le qǐ
下子就滚进了水潭里。小公主伤心地哭了起
lái tū rán yǒu rén dà shēng shuō dào āi yō xiǎo gōng zhǔ nín
来。突然，有人大声说道："哎哟，小公主，您

wèi shén me rú cǐ
为什么如此

shāng xīn ya
伤心呀？"

童话悟语

尽管小公主十分讨厌王子变成的青蛙，但王子相信只有小公主才能帮助自己解除魔法，所以王子不顾小公主的误解，紧紧地跟着她，最后终于变回了王子。这个故事告诉我们：命运掌握在自己的手中。

tīng dào shēng yīn　xiǎo gōng
听到声音，小公

zhǔ zhǐ zhù **kū qì** 　sì chù zhāng
主止住**哭泣**，四处张

wàng 　bú liào què fā xiàn yì zhī
望，不料却发现一只

qīng wā zhèng cóng shuǐ li shēn chū tā
青蛙正从水里伸出它

nà féi dū dū de dà nǎo dai
那肥嘟嘟的大脑袋。

à 　yuán lái shì nǐ ya 　yóu yǒng gāo shǒu 　xiǎo gōng zhǔ duì
"啊！原来是你呀，游泳高手。"小公主对

qīng wā shuō dào 　wǒ zài zhèr 　kū 　shì yīn wèi wǒ de jīn qiú diào
青蛙说道，"我在这儿哭，是因为我的金球掉

jìn shuǐ tán li le
进水潭里了。"

qīng wā huí dá shuō 　　wǒ yǒu bàn fǎ bāng zhù nín 　kě shì
青蛙回答说："我有办法帮助您。可是，

wǒ bǎ jīn qiú lāo shang lai 　nín zěn me **bào dá** wǒ ne
我把金球捞上来，您怎么**报答**我呢？"

qīn ài de qīng wā dà gē 　nǐ yào shén me dōu xíng 　xiǎo gōng zhǔ
"亲爱的青蛙大哥，你要什么都行。"小公主

gǎn máng shuō
赶忙说。

rán ér 　qīng wā què shuō 　nín de dōng xi wǒ dōu bù xiǎng
然而，青蛙却说："您的东西我都不想

yào 　bú guò 　yào shi nín bù **xián qì** 　de huà 　jiù
要。不过，要是您不**嫌弃**（厌恶而不愿接近）的话，就

ràng wǒ zuò nín de hǎo péng you 　wǒ men yì qǐ zuò yóu xì 　chī fàn
让我做您的好朋友，我们一起做游戏；吃饭

的时候在同一张桌子上，让我用您的小金碟子吃东西，用您的小高脚杯喝酒；晚上还要让我睡在您的小床上。如果您答应所有这一切条件的话，我就潜到水里，把您的金球捞上来。"

"那可太好啦！"小公主说，"只要你把我的金球捞上来，我答应你的一切要求。"小公主嘴上虽然这么说，心里却不这么想。

得到了小公主的**许诺**，青蛙不再犹豫了，他把脑袋往水里一扎，就潜入了水潭。过了一会儿，青蛙衔着金球浮出了水面，然后爬上岸，把金球

放在草地上。小公主重新得到了自己**心爱**的玩具，心里别提多高兴了。她把金球捡起来，撒腿就跑。

小青蛙在后面扯着嗓子**拼命**叫喊，可是没有一点儿用。小公主径直跑回了家，并且很快就把可怜的青蛙忘得干干净净了。

第二天中午，小公主和国王刚刚坐在餐桌旁开始吃饭时，突然听见外面有"啪嗒啪嗒"的声音，好像有什么东西在顺着大理石台阶往上跳，到门口时，只听见它一边敲门一边大声嚷："小公主，快开门！"

小公主急忙跑到门口，打开门一看，原来是那只青蛙。小公主心里一惊，"砰"的一声关上门，转身跑了回来。

国王见女儿一副**惊慌失措**的样子，就关心地问："孩子，你怎么会吓成这样？该不是门外有魔鬼要把你抓走吧？"

"不是的，"小公主回答说，"不是什么魔鬼，只是一只讨厌的青蛙。"

"青蛙找你做什么呢？"

"唉！我的好爸爸，事情是这样的。"

143

xiǎo gōng zhǔ bǎ zuó tiān fā shēng de shì gào su le guó wáng　bìng shuō

小公主把昨天发生的事告诉了国王，并说：

wǒ méi yǒu xiǎng dào　tā huì cóng shuǐ tán li pá chu lai　pá zhè me

"我没有想到，它会从水潭里爬出来，爬这么

yuǎn de lù dào zhèr　lái　xiàn zài tā jiù zài mén wài ne　yào dào

远的路到这儿来。现在它就在门外呢，要到

zán men zhèr　lái　guó wáng tīng hòu yán lì　de duì xiǎo gōng zhǔ shuō

咱们这儿来。"国王听后严厉地对小公主说：

nǐ bù néng yán ér wú xìn　kuài qù kāi mén ràng tā jìn lái

"你不能言而无信，快去开门让它进来。"

xiǎo gōng zhǔ méi yǒu bàn fǎ　zhǐ hǎo zǒu guo qu bǎ mén dǎ kāi

小公主没有办法，只好走过去把门打开。

qīng wā bèng bèng tiào tiào de jìn le mén　gēn zhe xiǎo gōng zhǔ lái dào zuò

青蛙蹦蹦跳跳地进了门，跟着小公主来到座

wèi qián　jiē zhe dà shēng jiào dào　kuài bǎ wǒ bào dào nǐ shēn páng ya

位前，接着大声叫道："快把我抱到你身旁呀！"

xiǎo gōng zhǔ tīng le xià de zhí fā dǒu　dàn guó wáng què yào tā

小公主听了吓得直发抖，但国王却要她

按青蛙说的做。青蛙上了餐桌之后又要用小公主的小金碟子，小公主很不**情愿**，可她还是把小金碟子推了过去。青蛙吃得有滋有味，小公主却一点儿胃口都没有了。

终于，青蛙吃饱了，它伸着懒腰说："现在我有点儿困了，请把我抱到您的小卧室去，铺好您的被褥，我们睡午觉吧。"

小公主十分害怕，就哭了起来。

看到小公主这个样子，国王十分生气地说："无论是谁，只要它在我们有困难的时候帮助过我们，过后我们都不应当**鄙视**（轻视；看不起）它。"

小公主实在没有办法，就把青蛙放到了卧室的一个角落里。她刚刚在床上躺下

*语言描写：国王的一番话，说明他是个懂得知恩图报的人。

来，青蛙就爬到她的床边委屈地说："我也想在床上睡觉，请把我抱上床去好吗？要不然，我就去告诉你爸爸。"

一听这话，小公主**勃然大怒**，一把抓起青蛙，朝墙上猛地摔去，并且喊道："你想睡就睡吧，你这个讨厌鬼！"

谁知，青蛙一落地，一下子变成了英俊的王子。原来，王子被一个**恶毒**的巫婆

shī le mó fǎ diū zài shuǐ tán li chú le xiǎo gōng zhǔ yǐ wài shéi
施了魔法，丢在水潭里，除了小公主以外，谁
yě bù néng bǎ tā jiě jiù chu lai xiǎo gōng zhǔ zūn zhào guó wáng de yì
也不能把他解救出来。小公主遵照国王的意
yuàn yǔ wáng zǐ jié chéng le qīn mì de bàn lǚ
愿，与王子结成了亲密的伴侣。

147

王子和聪明的姑娘

○ 邪恶的人终究会受到惩罚。

在一个遥远的国度，有一个国王，他的王后为他生了一个儿子后就死了。国王又娶了一个新王后，不久，国王也去世了。王子跟着新王后一起生活，受尽了**虐待**（用残暴狠毒的手段对待）。王后跟一个大臣合谋想要废去王子的王位继承人身份，王子恨透了那个可恶的大臣。有

童话悟语

聪明的姑娘帮助王子解开了谜语，恶毒的王后最终受到了惩罚。孩子们，善良的人是会得到人们的帮助的，我们也要做个善良的人呀！

yì tiān wáng zǐ yuē nà ge dà chén yì qǐ
一天，王子约那个大臣一起

qù dǎ liè chéng jī shā diào le tā bìng bǎ
去打猎，乘机杀掉了他，并把

tā de shī tǐ mái zài le shù lín li
他的尸体埋在了树林里。

wáng hòu méi kàn jiàn nà ge dà chén yì
王后没看见那个大臣，一

zhí mèn mèn bú lè zhè tiān wáng hòu dài zhe
直闷闷不乐。这天，王后带着

liè quǎn dào shù lín zhōng qù xún zhǎo
猎犬到树林中去寻找

dà chén dào le shù lín
大臣。到了树林

li liè quǎn wén dào
里，猎犬闻到

le fǔ làn de shī
了腐烂的尸

tǐ de wèi dào
体的味道，

149

就用爪子把那个大臣的尸体扒了出来。王后明白，一定是王子杀掉了大臣。她想了一会儿，想出了一个除去王子的**阴谋**。她把那个大臣的头割了下来，又把他的两条腿和两只胳膊砍了下来。回到王宫后，王后用大臣的头骨做了一个镶着黄金和钻石的茶杯，用腿骨做了一把椅子，

用臂骨做了一个相框。

之后，王后找到了王

子，对他说："你杀了大

臣，我要**判处**（判决处以某种

刑罚）你死刑。但是如

果你在一个月里能

解开我说的这个谜

语，我就**饶恕**你。我的

谜语是：我喝大臣的

水，我坐在大臣身上，

我只要抬起眼睛，就

能看到大臣。"

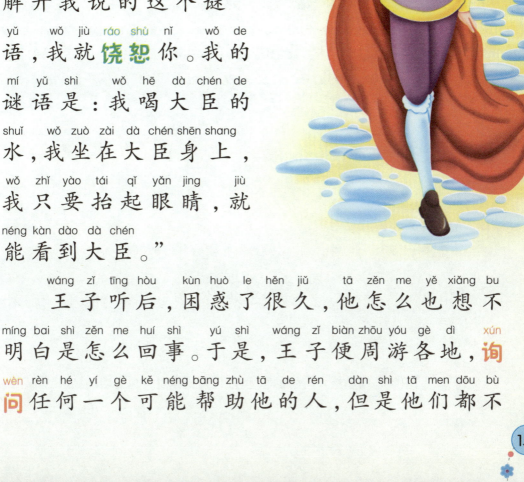

王子听后，困惑了很久，他怎么也想不

明白是怎么回事。于是，王子便周游各地，**询**

问任何一个可能帮助他的人，但是他们都不知道这句话是什么意思。到了最后几天，王子几乎**绝望**了。他垂头丧气地走在路上，听到街上的人议论纷纷地说一个姑娘很聪明。王子一听，顿时来了精神，他抓住一个路人问清了那个姑娘家的地址，便急匆匆地向姑娘家走去。说明来意之后，王子把那个谜语告诉了姑娘，姑娘说："这个谜语太简单了，'我喝大臣的水'是指王后用来喝水的杯子；'我坐在大臣的身上'是指王后的椅子；'我抬起眼睛就能看见大臣'是指王后的相框。"

王子听了很高兴，他给了姑娘一袋子金币，并**许诺**说不久以后就会把她接到王宫和

🐾 动作描写：王子走向姑娘家时匆忙的动作，表现出他对这位聪明的姑娘寄予很大希望。

自己成婚。王子回到王宫,对王后说:"我猜到了那个谜语。"说着,叫人请来了法官。王子说:"那个谜语的答案是,王后用的水杯是大臣的头骨做成的,王后的椅子是用大臣的腿骨做成的,王后的相框是用大臣的臂骨做成的。"法官听后,便立

即叫人把那三件东西拿来查看，果然如此。

王后听到答案后，气得发了疯，不久就死了。

王子来到姑娘家，接走了聪明的姑娘，并和她举行了**盛大**的婚礼。

三片叶子

○ 心美胜于貌美。

cóng qián yǒu yí gè hěn shòu rén ài dài de guó wáng tā bǎ
从前，有一个很受人爱戴的国王，他把

guó jiā zhì lǐ de hěn ān dìng kě shì guó wáng què yǒu yí jiàn fán
国家治理得很安定。可是，国王却有一件烦

xīn shì tā wéi yī de ér zi yǐ jīng chéng nián què cóng bù kǎo lù
心事：他唯一的儿子已经成年，却从不考虑

zì jǐ de hūn yīn wèn tí
自己的婚姻问题。

yǒu yì tiān guó wáng duì wáng
有一天，国王对王

zǐ shuō wǒ qīn ài de ér zi
子说："我亲爱的儿子，

wǒ lǎo le wǒ duō me xī
我老了，我多么希

155

望能看见你结婚啊！"王子说："父亲，我到现在还没有找到我心目中美丽的姑娘，我暂时还不能结婚，请您原谅！"国王把全国所有的漂亮姑娘都召来让王子挑选，王子却没有找到一个中意的。王子决心出去寻找自己心目中的姑娘。虽然国王舍不得，但还是让他去了。

王子骑着骏马，在不同的国家之间穿梭，他奔忙了一年，还

是没有找到他喜爱的既聪
明漂亮又温柔可爱的姑娘，但
是他并不灰心。这天，王子来到了海边，海边

停泊（船只停靠；停留）着一艘大船。王子走上大
船，大船竟然自己开动起来。王子很奇怪，
他想：或许这就是命运的安排，要大船带自
己去实现愿望。大船在海上颠簸了三天，
终于在一个小岛停下了。王子下了船，岛
上天气很热，烈日照在浓绿的树木上，王

子来到了一座金色的小房子门前，他敲开了门，从房子里走出来一个漂亮的姑娘，她面庞红红的，长着一双褐色的大眼睛，她对王子说："我是夏姑娘，请问有什么可以帮你的吗？"王子说："我要娶一位漂亮的姑娘为妻，可是到现在还是没有找到。"夏姑娘说："我这里很热，漂亮的姑娘不会出门，我无法帮助你寻找，你到我的姐姐秋姑娘那里去找找吧！"

王子继续往前走，他来到了一处落叶飘零，大地上一片金黄的地方，他敲开了一所黄色的小房子，从里面走出的一位姑娘说：

"我是秋姑娘，请问有什么可以帮你的吗？"

王子说出了自己的要求。秋姑娘说："真是

对不起，眼下正是**收获**的季节，我很忙，不

能帮助你。你去我姐姐冬姑娘那里看看吧，

她没有什么事，或许能帮助你！"王

子只好继续往前走，他来到了

一处荒凉的地方，敲开了一所

白色的房子，从房子里走出了

冬姑娘，她打着哈

欠说："是谁**打扰**

了我的美梦啊？"

王子说出了自己

的请求。冬姑娘

说："我这里天气

159

冷得要命，没有漂亮的姑娘给你做妻子。你还是到我小妹春姑娘那里去吧！"王子只好又到了春姑娘那里，他敲开了一所绿色的小房子，美丽的春姑娘走了出来，王子又向她说了自己的要求。春姑娘说："我可以帮助你！"说完，从身上拿出三片叶子，说："这三片叶子可以帮助你找到你心目中的姑娘。你只要在你们国家的领土上抛出一片叶子，在你面前就会立刻出现一个漂亮的姑娘，但是你必须马上把暖和的衣服给她披上，否则她会很快消失的。你有三次机会，你自己好好儿把握吧！"

王子带着三片树叶，乘着那艘大船高

童话悟语

美丽是每个人都向往的东西，然而外表的美只是暂时的，心灵的美才是永久的。我们应该知道，美丽的心灵永远要比漂亮的外表重要。

160

gāo xìng xìng de huí jiā
高兴兴地回家

le yì huí dào zì jǐ de
了。一回到自己的

guó jiā wáng zǐ jiù pò
国家，王子就迫

bù jí dài de pāo chū le
不及待地抛出了

yí piàn yè zi zài tā de
一片叶子，在他的

miàn qián lì kè chū xiàn le
面前立刻出现了

yí wèi piào liang de gū
一位漂亮的姑

niang wáng zǐ bèi tā de měi mào
娘，王子被她的美貌

xī yǐn le jìng rán wàng jì le
吸引了，竟然忘记了

gěi tā pī yī fu gū niang yì
给她披衣服，姑娘一

zhuǎn yǎn jiù xiāo shī le wáng zǐ
转眼就消失了。王子

hěn shāng xīn dàn shì tā hái yǒu
很伤心，但是他还有

liǎng cì jī huì tā yòu pāo chū le yí piàn shù yè lì kè yòu chū
两次机会。他又抛出了一片树叶，立刻又出

xiàn le yí wèi piào liang de gū niang bǐ dì yī wèi hái piào liang wáng
现了一位漂亮的姑娘，比第一位还漂亮，王

zǐ yòu zhǐ gù kàn tā ér wàng le gěi tā pī yī fu jié guǒ dì èr
子又只顾看她而忘了给她披衣服，结果第二

gè gū niang yòu xiāo shī le 。 wáng zǐ mǎ shàng yòu pāo chū dì sān piàn
个姑娘又消失了。王子马上又抛出第三片

shù yè ， tā hěn xiǎng jiàn dào dì èr gè gū niang ， kě shì zài tā miàn
树叶，他很想见到第二个姑娘，可是在他面

qián chū xiàn de dì sān gè gū niang yì diǎnr dōu bú piào liang 。 wáng
前出现的第三个姑娘一点儿都不漂亮。王

zǐ hěn chī jīng ， tā **迟疑**(拿不定主意；犹豫) le yí xià ， bù zhī
子很吃惊，他**迟疑**(拿不定主意；犹豫)了一下，不知

dào zì jǐ gāi zěn me zuò 。 dàn shì tā hái shi gěi dì sān gè gū niang
道自己该怎么做。但是他还是给第三个姑娘

pī shàng le yī fu ， yīn wèi zhè shì tā zuì hòu yí cì jī huì le 。
披上了衣服，因为这是他最后一次机会了。

dì sān gè gū niang zhǎ zha yǎn jing
第三个姑娘眨眨眼睛，

shuō suī rán wǒ zhǎng de bú piào liang
说："虽然我长得不漂亮，

dàn shì wǒ yǒu yì kē měi lì de xīn yǒu
但是我有一颗美丽的心，有

zhe wú qióng de **zhì huì** wǒ kě yǐ bāng zhù
着无穷的**智慧**，我可以帮助

nǐ bǎ guó jiā zhì lǐ de gèng hǎo ràng
你把国家治理得更好！让

wǒ zuò nǐ de qī zi ba wáng zǐ
我做你的妻子吧！" 王子

kàn zhe tā diǎn dian tóu
看着她，点点头。

🐾**语言描写**：第三个姑娘真挚的语言，展现
了她诚恳、善良的心。

162

王子带着第三个姑娘回到了王宫，国王热切地迎接儿子和儿媳。虽然国王因为看见儿媳并不漂亮而有些失望，但是看到儿子能够找到妻子，他很开心，还为王子和姑娘举行了一场盛大的婚礼。

婚后不久，国王就去世了，王子继承王位。妻子果真是个很聪明的人，她帮助王子把国家治理得比以前更好。人们纷纷夸王子真是找了一个好妻子，因为善良美丽的心灵比漂亮的外表要重要多了。

一个金苹果

○ 美好的东西总要经历一番努力后才能得到。

从前，有一个国王和王后，他们结婚好多年了，一直没有孩子。又过了几年，他们生下了一个男孩。时间过得很快，王子长到了七岁。这天，王子在玩儿丢石子儿的游戏时，

不小心打碎了一个过路老人的酒瓶，老人很生气，对他说："我要诅咒（原指祈祷鬼神加祸于所恨的人，今指咒骂）你，在你满二十岁的时候，你会感到十分寂寞，寂寞会使你异常痛苦。你不得不去寻找一棵长着一个金苹果的树。当你摘下金苹果时，等着瞧吧，将会发生一些你意想不到的事。"

说完，老人笑了一下，慢慢地走开了。

王子听了，并没有把老人的话放在心上，继续玩儿他的游戏。当王子年满二十岁的时候，他果然像当年那个老人说的一样，觉得非常孤独寂寞，无论多么热闹的场面，都不能让他开心快乐，他想起了当年那个老

人的诅咒，他决

定按照那个老人说的，去寻找

那棵长着一个金苹果的树。国王和

王后舍不得王子，不想让他去，可是王子执

意要去，国王和王后没办法，只好让他去了。

王子骑上马出发了，他走了很远的路，

来到了一条小河旁，远远地看见前面有一个

屋子，就跳下马来到

了屋前，见有一位白

发苍苍的老婆婆正

坐在屋前**纺纱**，便走上前去很有礼貌地问道："老婆婆，请问到哪儿才能找到长着一个金苹果的树？"老婆婆抬头看了他一眼，说："这个得问我的姐姐了，她住在前面的树林里。"王子谢过了老婆婆，向更远处的树林走去。果然，在更深处的树林里有一位更老的婆婆，王子同样很有礼貌地向她问起金苹果的事。老婆婆说："看在你这么有礼貌

de fèn shang
的份上，
wǒ gào su nǐ ba
我告诉你吧。
xiǎng ná dào jīn píng
想拿到金苹
guǒ nǐ hái děi fān
果，你还得翻
guò liǎng zuò shān hé liǎng gè
过两座山和两个
shā mò nǐ děi xiān jìn rù yí gè
沙漠。你得先进入一个
gǔ bǎo cái néng ná dào jīn píng guǒ
古堡，才能拿到金苹果。
qiān wàn yào jì hǎo le zài gǔ bǎo li yǒu yí
千万要记好了，在古堡里有一
gè sì yǎn shǒu wèi dāng tā shàng miàn liǎng zhī
个四眼守卫，当他上面两只
yǎn jing zhēng zhe xià miàn liǎng zhī yǎn jing bì zhe shí
眼睛睁着，下面两只眼睛闭着时，
shì shuì zhe de dāng tā xià miàn liǎng zhī yǎn jing zhēng zhe shàng miàn
是睡着的。当他下面两只眼睛睁着，上面
liǎng zhī yǎn jing bì zhe shí shì xǐng zhe de nǐ qù ba shén me yě
两只眼睛闭着时，是醒着的。你去吧，什么也
bú yòng pà wáng zǐ xiè guo lǎo pó po qí shàng mǎ zǒu le tā
不用怕。"王子谢过老婆婆，骑上马走了。他

翻过了两座山，又穿过了两个沙漠，来到了古堡前。王子悄悄地走近古堡，从窗子往里望去，只见那个四眼守卫的上面两只眼睛是睁着的，下面两只眼睛是闭着的。王子高兴极了，偷偷地溜进了屋子里，从守卫身边走过去，当他来到古堡后面的花园时，看到了在花园正中有一棵树，树上结了一个金苹果，王子立刻上前摘下了金苹果，然后骑上马走了。当他走到一片树林时，突然口渴得要命，他想了想，说："对了，我不是有一只金苹果吗，吃了它不就可以解渴了？"于是，他拔出刀，把苹果切成了两半，苹果一裂开，立刻从里面蹦出来一个姑娘。这个姑娘有着无与伦比的美貌，她微笑着对王子说："谢

🐾 **细节描写:** 细致描写姑娘从苹果中突然出现的奇特场景，具有画面感。

谢你救了我，帮我解除了魔法。"王子很惊讶，不过他马上意识到这也许是上天赐给他的爱情，便对姑娘说："你愿意嫁给我吗？"姑娘害羞地点点头。于是，王子把姑娘带回了王宫，他们举行了隆重的婚礼。

思念王子

○嫉妒心只会让你越来越迷失自己。

从前，在一个遥远而又美丽的地方，有一个美丽的国家。在这里，生活着一位国王和一位王后。他们刚结婚没多久，国王就**出使**各个国家去了。王后不久就生下了一个小男孩儿，可是国王还没有回来，王后因为思念国王，就暂时给孩子起名叫"思念"。过了很久，国王一直都没有回来，小男孩儿长成了一个**英俊**的少年。

后来，国王终于踏上了回国的路。途中，他必须经过一个很长的峡谷，可是他过不去。这时，一个妖怪出现了，他对国王说："我带你过去吧，但是你要把思念给我。"国王根本就不知道他的儿子叫思念，就答应了妖怪，说："好吧，我把思念给你。"

国王回到家后，看到了自己的妻子和长成少年的儿子后，别提有多高兴了。王后告诉国王，她一直没给儿子起名字，想等国王回来后亲自给他起名字，因为思念国王，就先叫他思念了。国王听后一惊，说："天啊，瞧我干了什么？我**许诺**那个把我带过峡谷的妖怪把思念给他。"国王和王后非常伤心，王后说："我们找两个别人的孩子来代替思念吧，那个妖怪肯定看不出来。"

第二天，妖怪来了，要国王**履行**（实践自己答应做的或应该做的事）诺言，国王把厨师的儿子给了妖怪，妖怪带着那个孩子走了。妖怪走到半路，问那个可怜的小男孩儿说："你的父亲是国王吗?"厨师的儿子说:"不是,我的父亲是厨师。"妖怪听了很生气,把那个小男孩儿丢到河里淹死了。

妖怪生气地返了回去,这次国王和王后把**侍卫**的儿子给了妖怪,妖怪带着那个孩子走了。走到半路,妖怪又问这个孩子说:"你的父亲是国王吗?"孩子老实地回答说:"我的父亲是国王手下的侍卫。"这下可把妖怪气疯了,他抓起这个小男孩儿就把他摔死了。

❀动作描写:妖怪愤怒地把侍卫的儿子摔死的动作,表现了他的残忍、狠毒。

174

yāo guài nù
妖怪怒

qì chōng chōng de
气冲冲地

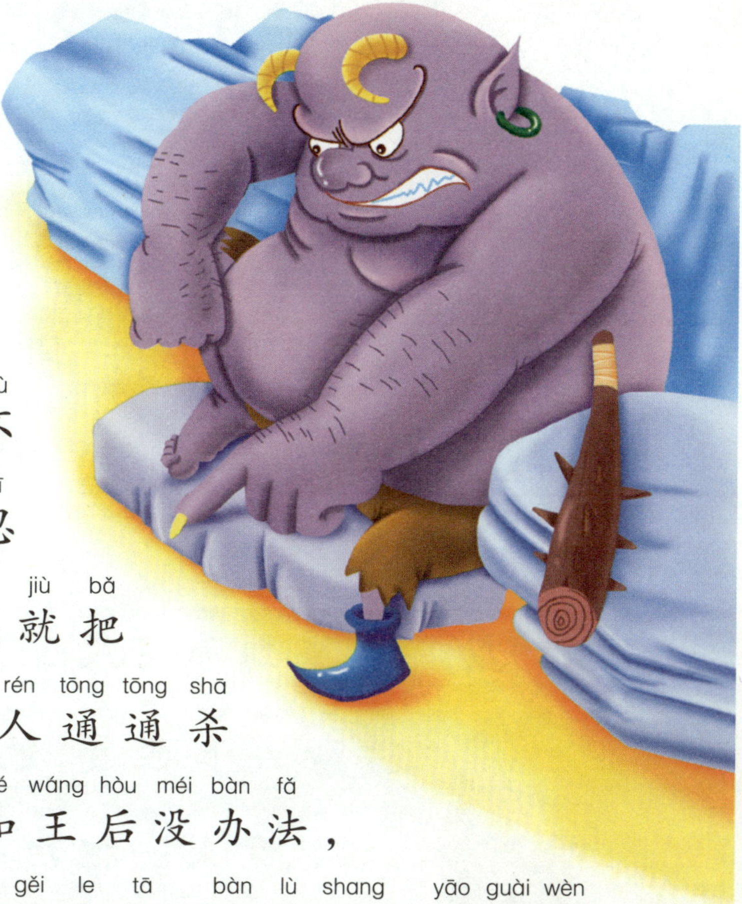

gǎn huí wáng gōng
赶回王宫

duì guó wáng shuō
对国王说：

yào shi zhè cì bù
“要是这次不

bǎ zhēn zhèng de sī
把真正的思

niàn gěi wǒ wǒ jiù bǎ
念给我，我就把

wáng gōng li de rén tōng tōng shā
王宫里的人通通杀

sǐ guó wáng hé wáng hòu méi bàn fǎ
死。”国王和王后没办法，

zhǐ hǎo bǎ sī niàn gěi le tā bàn lù shang yāo guài wèn
只好把思念给了他。半路上，妖怪问

dào nǐ de fù qīn shì guó wáng ma sī niàn shuō shì de
道：“你的父亲是国王吗？”思念说：“是的。”

yāo guài shuō zhè cì zǒng suàn yào duì rén le tā bǎ sī niàn dài
妖怪说：“这次总算要对人了。”他把思念带

huí le zì jǐ de zhù chù yì zhí bǎ tā yǎng dà chéng rén
回了自己的住处，一直把他养大成人。

yāo guài cóng lín guó dài huí le yí gè gōng zhǔ tā hé sī niàn
妖怪从邻国带回了一个公主，她和思念

dōu fēi cháng xǐ huan duì fāng bú liào zhè jiàn shì bèi yāo guài zhī dào
都非常喜欢对方，不料这件事被妖怪知道

了，妖怪非常**嫉妒**，因为他也非常喜欢公主，可是公主连看都不看他一眼。他很恼火，就想把思念杀死。一天，妖怪对思念说："明天我有活儿让你干。那儿有一间屋子，有十年没打扫了，你明天把它打扫干净，否则我就把你吃掉。"

第二天，公主来到那间屋子，她知道妖怪**故意**为难思念，就想帮助他，

她拿来一把扫帚，和思念一起打扫那间屋子，终于在天黑以前，把那间屋子打

扫得干干净净。妖怪回来一看，很气愤，说："算你运气好，明天你到悬崖下面的水潭里给我抓一条**潜伏**(隐藏；埋伏)在水底最深处的鱼。要是办不到，我就吃了你。"

童话悟语

妖怪嫉妒思念王子，可最终却被自己的嫉妒心害死了。嫉妒是个可怕的恶习，我们要正视自己不如他人的地方，努力发挥自己的长处，真正认识自己。

思念和公主决定一起逃走，他们使出浑身的劲儿，飞快地奔跑着，还没跑出多远，他们回头一看，妖怪已经追上来了。公主急得大喊："快把我头上的梳子拿下来扔到地上。"思念把梳子扔到地上后，梳子立即变成了一片**荆棘**，挡住了妖怪。可是妖怪很快又追上了，而且眼看就要抓住他们了。公主拿出一个魔瓶，把它摔到了地上，立刻从里

miàn yǒng chū le tāo tiān de jù làng　　bǎ yāo guài yān sǐ le
面涌出了滔天的巨浪，把妖怪淹死了。

sī niàn hé gōng zhǔ huí dào le tā de fù mǔ shēn biān　　guó wáng
思念和公主回到了他的父母身边，国王

hé wáng hòu wèi ér zi de guī lái gǎn dào wàn fēn gāo xìng　　bù jiǔ jiù
和王后为儿子的归来感到万分高兴，不久就

wèi ér zi hé gōng zhǔ jǔ xíng le hūn lǐ
为儿子和公主举行了婚礼。

cóng cǐ　　tā men yì zhí xìng fú de shēng huó zhe
从此，他们一直幸福地生活着。

爱闯荡的王子

○不要盲目地相信别人。

从前有一个王后，整天在王宫里唉声叹气的，她的心情很不好，因为她不能给自己心爱的国王生个王子或是公主，因此她觉得很对不起自己的丈夫。后来她的一个朋友给了她一个药方，她服了药，没想到真的起作用了，不久她就有了身孕。十个月后，她生下了一个大胖儿子，国王高兴极了，下决心把他**培养**（按照一定目的长期地教育和训练使成长）成一个坚强、勇敢的王子。

十八年过去了，王子果真像国王期待的那样，既聪明又勇敢。一天，他请求国王允许自己去打猎，国王为了**锻炼**他的胆量，就同意了。王子骑着马在森林中飞奔，不一会儿就来到一片密林，但等他再回头，却找不到回去的路了。

不知走了多久，他终于找到了一间小屋，王子打算在此歇息一会儿，便敲了敲小屋的门，走了进去。他看见屋里有一个老头儿躺在床上，好像病得很重，老头儿哑着嗓子说："我求你办件事，你要是能办好，我就告诉你回家的路。""什么事，您说吧，老大爷。"王子礼貌地说。"我给你一根木棒，你到门前的老榆树前，冲着树干敲三下，就会打开一道门，你进去把困在里面的

jīn fà shào nǚ jiù chu
金发少女救出
lai wǒ děng zhe gēn
来，我等着跟
tā jié hūn ne
她结婚呢。"

wáng zǐ tīng dào
王子听到
lǎo rén zhè yàng shuō
老人这样说，
xīn li jué de fēi cháng
心里觉得非常
chī jīng tā bù gǎn
吃惊，他不敢
xiāng xìn yí gè jīn
相信，一个金
fà shào nǚ huì hé yǎn
发少女会和眼

qián zhè ge lǎo tóur jié hūn dàn tā hái shi jué dìng zhào bàn
前这个老头儿结婚，但他还是决定照办。

yú shì wáng zǐ lái dào lǎo yú shù qián àn zhào lǎo tóur
于是，王子来到老榆树前，按照老头儿
shuō de huà dǎ kāi le mén guǒ rán kàn jiàn yí gè jīn fà shào nǚ bèi
说的话打开了门，果然看见一个金发少女被
kùn zài yú shù li jīn fà shào nǚ wú zhù de shuō duō kuī nǐ lái
困在榆树里，金发少女无助地说："多亏你来
le wǒ zhòng le mó fǎ zhǐ yào nà lǎo tóur yì kāi mén wǒ jiù
了，我中了魔法，只要那老头儿一开门，我就
huì biàn chéng lǎo tài pó wǒ bù xiǎng hé nà lǎo tóur jié hūn nǐ
会变成老太婆，我不想和那老头儿结婚，你

kě yǐ jiù wǒ ma wáng zǐ shuō nà wǒ zěn me jiù nǐ ne nà
可以救我吗?”王子说:“那我怎么救你呢,那
lǎo tóur hái ràng wǒ bǎ nǐ jiāo gěi tā ne jīn fà shào nǚ zhāo
老头儿还让我把你交给他呢。”金发少女招
hu tā shuō nǐ guò lái wǒ gào su nǐ gè bàn fǎ
呼他说:“你过来,我告诉你个办法。”

bù yí huìr wáng zǐ dài zhe jīn fà shào nǚ qù jiàn lǎo tóur
不一会儿,王子带着金发少女去见老头儿,
lǎo tóur chēng zàn shuō méi xiǎng dào nǐ hái tǐng lì hai de bǎ zhè ge
老头儿**称赞**说:“没想到你还挺厉害的,把这个
gū niang sòng dào wǒ de shēn biān lái wáng zǐ shuō wǒ bù néng zhè
姑娘送到我的身边来。”王子说:“我不能这
me qīng yì jiù bǎ zhè me měi lì de gū niang jiāo gěi nǐ zán liǎ bǐ
么轻易就把这么美丽的姑娘交给你,咱俩比
yi bǐ nǐ yào shi néng yíng wǒ jīn fà shào nǚ jiù guī nǐ nǐ
一比,你要是能赢我,金发少女就归你。”“你
zhè ge zì bú liàng lì de máo hái zi shuō ba zěn me bǐ lǎo
这个**自不量力**的毛孩子,说吧,怎么比?”老
tóur yǒu xiē fèn nù le
头儿有些愤怒了。

zài nǐ jiā wū hòu yǒu gè shēn kēng wǒ zài shàng miàn fàng liǎng
“在你家屋后有个深坑,我在上面放两
gēn zhú gān shéi néng cóng zhú gān shang zǒu guo qu jīn fà shào nǚ jiù
根竹竿,谁能从竹竿上走过去,金发少女就
guī shéi
归谁。”

hǎo ba nǐ xiān lái
“好吧,你先来。”

wáng zǐ cǎi zhe zhú gān shùn lì de guò qù le lǎo tóur yí
王子踩着竹竿顺利地过去了,老头儿一

看，也想马上过去，不料一脚踩空了，掉到深坑里去了。

王子带着金发少女经历了千辛万苦找到了回家的路，后来他们**拥有**了幸福、美满的婚姻，一直幸福快乐地生活在一起。

童话悟语

勇敢的王子救了金发少女，狠毒的老头儿得到了应有的下场。孩子们，在生活中我们会碰到很多有困难的人，我们一定要尽自己的努力去帮助他们啊！

伊万王子和金豹朋友

○ 不要让嫉妒心毒害了你的心灵。

cóng qián yǒu yí gè guó wáng   tā yǒu sān gè ér zi   qí zhōng
从前有一个国王，他有三个儿子，其中

xiǎo ér zi zuì cōng míng   zhè yǐn qǐ le liǎng gè gē ge de **jí dù**
小儿子最聪明，这引起了两个哥哥的 **嫉妒**。

yǒu yí cì   guó wáng tīng shuō wáng gōng huā yuán li de jīn yín shù
有一次，国王听说王宫花园里的金银树

shang yǒu yì zhī měi lì de huǒ niǎo   biàn ràng zì jǐ de sān gè ér zi
上有一只美丽的火鸟，便让自己的三个儿子

qù zhǎo huǒ niǎo   jié guǒ zhǐ yǒu
去找火鸟，结果只有

xiǎo ér zi nài xīn de děng dào le
小儿子耐心地等到了

bàn yè   suī rán tā méi zhuā dào
半夜，虽然他没抓到

huǒ niǎo   dàn guó wáng réng rán hěn
火鸟，但国王仍然很

gāo xìng   zhòng zhòng de **jiǎng lì** （给予
高兴，重重地 **奖励** （给予

（荣誉或财物来鼓励）了小儿子，从那以后两个哥哥就更加嫉妒他了。

一天，国王让小儿子去找那只可以给人们带来好运的火鸟。小王子骑着一匹白马来到森林深处，结果白马被一只金豹吃掉了，金豹对他说："以后我来当你的**坐骑**吧。"

后来小王子发现，火鸟被它的主人藏在一个地窖里。而地窖的门由一条从来不睡觉的大蛇看守着。金豹给了小

wáng zǐ yì zhī xiāng，bìng gào su xiǎo wáng zǐ bù guǎn shì shéi zhǐ yào
王子一支香，并告诉小王子不管是谁，只要
wén dào le zhè zhǒng xiāng de wèi dào jiù huì hūn hūn yù shuì yú
闻到了这种香的味道，就会昏昏欲睡。于
shì yǒng gǎn de xiǎo wáng zǐ dài zhe xiāng chuǎng jìn le dì jiào bìng
是，勇敢的小王子带着香闯进了地窖，并
bǎ huǒ niǎo dài le chū lái
把火鸟带了出来。

xiǎo wáng zǐ huí dào jiā guó wáng kàn dào tā zhēn de dài huí lai
小王子回到家，国王看到他真的带回来
le chuán shuō zhōng de huǒ niǎo jiù zhòng zhòng de kào shǎng le cōng míng
了传说中的火鸟，就重重地犒赏了聪明、
yǒng gǎn de xiǎo wáng zǐ ér qiě hái jué dìng bǎ wáng wèi chuán gěi tā
勇敢的小王子，而且还决定把王位传给他，
bìng bǎ tā nà liǎng gè jí dù xīn hěn qiáng de gē ge hěn hěn de jiào
并把他那两个嫉妒心很强的哥哥狠狠地教
xùn le yí dùn
训了一顿。

🐾 关联词运用：“只要……就……”的运用，说明了这种香的厉害。

童话悟语

善良能赢得友情，勇敢能战
胜艰险，而嫉妒则像毒药，它让两
个哥哥走上了歧途。伊万王子在
金豹朋友的帮助下取得了成功。
小朋友们，勇敢、智慧和真正的
友情会让你们受益一生的。

玉石雕像

○不舍昼夜，水滴石穿。

cóng qián yǒu yí gè wáng zǐ hěn xǐ huan yù shí tā shōu jí le
从前有一个王子很喜欢玉石。他收集了
hěn duō yòng yù shí zuò de dōng xi quán guó de rén dōu zhī dào zhè
很多用玉石做的东西。全国的人都知道这
xiē suǒ yǐ měi tiān dōu yǒu hěn duō rén ná zhe
些，所以每天都有很多人拿着
yù shí zuò de
玉石做的
dōng xi lái wáng
东西来王
gōng wài miàn mài
宫外面卖。

一天，王子用100
箱黄金从一个外国
商人那里买了一座
玉石雕像。那个商人
说这座雕像是一位美

丽的公主变的。从此以后，他每天都会坐在
雕像的面前，和雕像说很多话。渐渐地，王
子爱上了这座雕像，并为此而**郁郁寡欢**，日
渐**憔悴**（形容人瘦弱，面色不好看）。

一天晚上，王子做了一个梦，梦中有个
老人告诉他说，那座雕像是一个受了诅咒的
公主变的，想让她恢复原貌，就得有一个王
子在雕像前待满一年，并要不断地和雕像说
话。王子醒来后决定试一试，一年后雕像真
的变成了公主，原来公主是被狠毒的后母

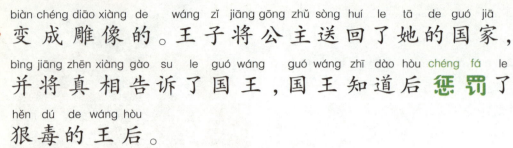

biàn chéng diāo xiàng de   wáng zǐ jiāng gōng zhǔ sòng huí le   tā de guó jiā
变成雕像的。王子将公主送回了她的国家，

bìng jiāng zhēn xiàng gào su le guó wáng   guó wáng zhī dào hòu chéng fá le
并将真相告诉了国王，国王知道后惩罚了

hěn dú de wáng hòu
狠毒的王后。

bù jiǔ   wáng zǐ jiù hé gōng zhǔ jǔ xíng
不久，王子就和公主举行

le shèng dà de hūn lǐ   tā men yì qǐ guò shàng
了盛大的婚礼，他们一起过上

le xìng fú   měi mǎn de shēng huó
了幸福、美满的生活。

聪明的王子

○ 解决问题的关键在于找到突破口。

yí gè wáng zǐ hěn xǐ
一个王子很喜

huan tā de xiǎo mèi mei   zhè ge
欢她的小妹妹，这个

xiǎo mèi mei yǒu yì tóu jīn sè
小妹妹有一头金色

de tóu fa   yǎn jing xiàng tài
的头发，眼睛像太

yáng nà yàng míng liàng   tā men liǎng gè cóng
阳那样明亮，他们两个从

xiǎo jiù zài yì qǐ wánr   gǎn qíng fēi
小就在一起玩儿，感情非

cháng hǎo
常好。

kě shì   yǒu yì tiān hū rán fēi lái le yì zhī wū yā wáng   wū
可是，有一天忽然飞来了一只乌鸦王，乌

yā wáng shān dòng zhe dà dà de chì bǎng bǎ zhèng zài yuàn zi li wán shuǎ
鸦王扇动着大大的翅膀把正在院子里玩耍

191

的小公主带走了。王子一见，急忙骑着他的千里马去追赶。在一个山洞前，乌鸦王停了下来。对王子说："王子，我要美丽的小公主做我的妻子。你想救你的妹妹，就要先打败我。"

王子看到乌鸦王的脚上有一只铁环，心生一计，他拿出自己的弓，扯下马缰绳，拉弓射箭，把带着绳子的箭射穿了乌鸦王的脚环，然后拼命一拉，乌鸦王就被王子拉落在地上。王子飞快地抱起倒在地上的公主，骑着他的千里马回到了王宫。王子用自己的**智慧**救回了妹妹，受到了大家的称赞。

🐾 **动作描写：**王子捕捉乌鸦的一系列精彩动作，表现了他的勇敢与智慧。

童话悟语

细心的王子发现了乌鸦王的弱点，于是他想出对策，给敌人致命的一击，救回了妹妹。小朋友也要善于发现，关键时刻便可轻松地解决问题。

石竹花

○害人之心不可有。

从前有一个王后，她结婚很久了都没有孩子，因此她每天都会向上帝祈祷，希望上帝能给她一个孩子。她的虔诚（恭敬而有诚意）打动了上帝，一天，一个天使对她说："你很快就会有一个孩子，而且这个孩子还有神奇的魔力，他想得到什么就

néng dé dào shén me　　wáng hòu jiāng zhè jiàn shì gào su le guó wáng
能 得 到 什 么。"王 后 将 这 件 事 告 诉 了 国 王，

tā men dōu hěn gāo xìng　bù jiǔ　wáng gōng zhōng suǒ yǒu de rén dōu zhī
他 们 都 很 高 兴。不 久，王 宫 中 所 有 的 人 都 知

dào le
道 了。

hái zi zài zhòng rén de qī pàn zhōng dàn shēng le　zhè ge kě
孩 子 在 众 人 的 期 盼 中 诞 生 了，这 个 可

ài de xiǎo nán háir　　zài suǒ yǒu rén de hē hù xià jiàn jiàn zhǎng dà
爱 的 小 男 孩 儿 在 所 有 人 的 呵 护 下 渐 渐 长 大。

wáng hòu měi tiān dōu yào dài hái zi dào měi lì de huā yuán qù　　nà lǐ
王 后 每 天 都 要 带 孩 子 到 美 丽 的 花 园 去，那 里

yǎng zhe gè zhǒng yě shòu　yì
养 着 各 种 野 兽。一

tiān　yí gè chú shī chèn wáng
天，一 个 厨 师 趁 王

后和孩子睡觉的时候将孩子偷走了。他将孩子带到了一个秘密的地方，并把鸡血涂在王后的衣服上，然后他对国王说王后没有照顾好孩子，**导致**孩子被野兽吃掉了。国王相信了他的话，便将王后关在了一座城堡里，要关7年，并且不让人给她送水、送饭，要将她饿死。但是上帝却派了两个变成鸽子的天使给王后送饭。

那个厨师离开王宫来到藏孩子的地方。他对王子说："你应该有一座宫殿，和与它相配的一些东西。"王子按照他的话说了，

话音刚落，他们的眼前就出现了一座美丽的宫殿。厨师又说："你一个人是不是很孤单啊，应该有一个姑娘来和你一起玩儿。"王子就那样说了，于是又出现了一个漂亮的姑娘。他们两个人每天都在一起玩儿，开心极了。厨师也过上了贵族一样的生活。

突然有一天，厨师想到了一个问题：如果王子想见自己的父

童话悟语

狼心的厨师一次次加害于王后和王子，王宫里的惨剧不断上演，然而上帝永远站在善良人的一边，害人的人早晚会受到应有的惩罚。

母，那他所做的一切都将被**拆穿**（揭露；揭穿），到时他就会死无葬身之地。想到这点后，他就**威胁**姑娘说："你今天晚上就把那个孩子杀了，然后把他的舌头和心脏交给我。要是你不按我说的做，那我就杀了你。"可是姑娘没忍心下手。第二天，当厨师知道王子没有死的时候，就叫来姑娘说："如果你不杀了他，我就杀了你。"厨师走后，姑娘把一切都告诉了王子，王子听后叫人杀了一头鹿，取出鹿的舌头和心脏放在盘子里。就在这时，厨师来了。姑娘急忙把王子用被子盖上。厨师进来问姑娘是不是已经将王子杀了，姑娘将盘子给了他。但王子却突然从被子里出

❀ 语言描写：厨师利用完王子后就要借姑娘的手将其杀害，充分表现了他残忍暴虐的本性。

来了，他生气地对厨师说："你为什么要杀我，我又没有害你，现在我要让你变成一只黑色的卷毛狗。"他说完厨师真的变成了一只狗。

过了不久，王子想妈妈了，于是他对姑娘说："我要回家了，你愿意和我走吗？"姑娘不想离开这里，于是王子就把她变成石竹花带在身上，并且牵着那只狗回家了。

王子来到王宫，说自己是一个猎人，给国王送来了许多野味。国王已经很多年没吃过这些东西了，所以他很高兴，并举办了盛大的宴会。宴会上王子说出了自己的身世，并让厨师变成了人形，厨师将自己所做的坏事都对国王说了。国王知道**真相**后十分生气，把厨师关进了监狱。然后又派人将王后接了出来。

王子让姑娘恢复了人形，并把她介绍给所有人认识。

后来，王子和姑娘结婚了，他们生活得很幸福。

十二个猎人

○ 只要动脑筋，办法总会有的。

cóng qián yǒu yí wèi liè rén de nǚ ér tā jì měi lì yòu yǒng
从前，有一位猎人的女儿，她既美丽又勇

gǎn yí wèi wáng zǐ chū yóu shí yù dào tā bìng qiě ài shàng le
敢。一位王子出游时遇到她，并且爱上了

tā wáng zǐ xiǎng qǔ tā wéi qī yú shì jiù sòng
她。王子想娶她为妻，于是就送

gěi tā yì méi jiè zhi
给她一枚戒指，

rán hòu huí wáng gōng
然后回王宫

qù qǐng qiú fù qīn yǔn
去请求父亲允

xǔ tā men jié hūn
许他们结婚。

wáng zǐ huí dào
王子回到

wáng gōng hòu lǎo guó
王宫后，老国

201

童话悟语

猎人用自己的智慧帮助了女儿，可怜天下父母心，父母永远为自己的儿女们着想。小朋友们也要学会为自己的父母着想啊。

王得了重病，去世了。临死前，他要王子继承王位，并与邻国的一位公主结婚。

猎人的女儿听到这个消息后十分伤心。猎人为了帮助女儿，就找了11个姑娘和他的女儿一起扮成猎人混进了王宫。

国王有一头能知道一切秘密的狮子。它把这个秘密告诉了国王，并让国王用纺车来测试她们。

他们的谈话被其中的一个猎人听到了。所以，当猎人们看到纺车时都装作不感兴趣的样子。从此，国王就再也不相信狮子的话了。

zhè tiān   gè liè rén péi guó wáng chū qù dǎ liè   zhè shí yǒu
这天，12个猎人陪国王出去打猎。这时有

gè pú rén lái bào gào shuō   hé guó wáng dìng hūn de gōng zhǔ kuài yào lái
个仆人来报告说，和国王订婚的公主快要来

la   liè rén de nǚ ér yì tīng   dāng jí hūn dǎo zài dì shang
啦！猎人的女儿一听，当即昏倒在地上。

guó wáng lì jí xià mǎ fú tā   què kàn jiàn le tā shǒu shang de
国王立即下马扶她，却看见了她手上的

nà méi jiè zhi   rèn chū le tā jiù shì zì jǐ dǎ liè shí ài shàng de
那枚戒指，认出了她就是自己打猎时爱上的

nǚ háir   guó wáng fēi cháng gǎn dòng   zuì zhōng qǔ tā
女孩儿。国王非常感动，最终娶她

zuò le wáng hòu
做了王后。

萨瓦王子

○ 要相信好心有好报。

从前，有一个国王，他只有一个儿子叫萨瓦。国王很疼爱萨瓦。萨瓦王子长大了，他喜欢上了邻国美丽的公主，萨瓦便去求亲，美丽的公主也喜欢上了王子，王子决定尽快成亲。

王子成亲这天，美丽的公主却被妖怪

抢去了。王子很伤心，他决定去寻找公主。国王不忍心让他去，说："孩子，你打不过妖怪的，别去了，我不能失去你！"可是王子执意要去，因为他太爱公主了。

王子挎着宝剑、骑上骏马出发了。他走遍了王国的山山水水，却始终没有公主的消息，而王子随身携带（随身带着）的钱也已经没了。这天，王子来到一座山脚下，他已经很久没有吃东西了，饿得头晕眼花。他看见了一只幼狼，便想杀了它充饥。这时候，突然

205

cóng dòng xué li zuān chu lai yì zhī mǔ láng tā duì wáng zǐ shuō   qiú
从洞穴里钻出来一只母狼，它对王子说："求

nǐ bú yào shāng hài wǒ de hái zi wǒ huì bào dá nǐ de   wáng zǐ
你不要伤害我的孩子，我会报答你的。"王子

bǎ jǔ qǐ de jiàn yòu fàng xià le tā fàng guò le yòu láng mǔ láng
把举起的剑又放下了，他放过了幼狼。母狼

shuō   wǒ gào su nǐ nǐ xiǎng yào zhǎo de yāo guài zài nǎ lǐ
说："我告诉你，你想要找的妖怪在哪里。"

wáng zǐ àn zhào mǔ láng suǒ shuō de   zhōng yú zhǎo dào le yāo
王子按照母狼所说的，终于找到了妖

怪。王子在妖怪的城堡里见到了公主，公主热烈地**拥抱**着王子。公主对王子说："那个可恶的妖怪快回来了，他每天都要我嫁给他。天哪，我再也不要待在这个地方了。"

王子躲在妖怪的宫殿里。晚上，妖怪回来了，他又要求公主嫁给他。这时候，王子突然从妖怪的身后蹿出来，一剑就把妖怪杀死了。

王子带着公主回家了。他们举行了一场盛大的婚礼。

童话悟语

勇敢善良的王子放了幼狼，也得知了妖怪的藏身之处，最后救出了公主。孩子们，我们也要做个勇敢善良的人。

王子救公主

○勇气和智慧是取得成功最有力的武器。

某个国家有个英俊、
潇洒的王子。一天，他来
到森林里打猎，不幸被一只巨鹰抓走
了，巨鹰把他带到一座宫殿前
面，扔下他飞走了。但王子一
点儿也不害怕，他大大
方方地来到宫殿门前，
要求面见国王，
国王见到这个

英俊潇洒的小伙子，喜欢得不得了，王子说："国王，请允许我为您效劳，您同意吗？"国王说："我怎么会拒绝像你这样的英才呢？"

于是，王子就在异国的宫殿里住下了。

有一天，国王的小公主对国王说："父亲，我想和新到我们这里的小伙子到冰花山上玩一会儿，可以吗？"国王欣然同意了。于是，小公主和王子来到了冰花山，冰花山很美，山上是洁白无瑕的冰雪，山脚下则鸟语花香，风景怡人。小公主摘了很多鲜花，并亲手编织了两个花

环戴在自己和王子的头上，正当他们玩儿得开心的时候，一阵风吹来，小公主不见了。

王子立即回去向国王禀告（把事情告诉上级或长辈）了这一情况。国王说："小公主一定是被冰花山上的妖怪抓走了，可是这么多年来我们一直没有找到妖怪的洞穴。"于是王子请求国王允许他到冰花山上去放牧，并寻找机会救公主，国王答应了他的请求并告诉他："如果碰到了妖怪，他向你要多少只羊你都要答应他。"

就这样，王子告别了国王去冰花山放羊了。一天，一个三头妖怪从冰花山上飞来了，他向王子要三

童话悟语

不管做什么事情，都需要有足够的勇气和智慧，胆小和鲁莽的人是不会成功的。所以，我们要向王子学习，做一个勇敢而又聪明的人。

zhī yáng wáng zǐ shuō
只羊，王子说：

wǒ yì tiān cái chī yì zhī
我一天才吃一只

kǎo jī nǐ jìng rán
烤鸡，你竟然

gǎn chī sān
敢吃三

zhī yáng
只羊？"

shuō wán jiù hé nà ge yāo
说完，就和那个妖

guài dǎ le qǐ lái zuì hòu wáng
怪打了起来，最后王

zǐ bǎ yāo guài de tóu quán kǎn le xià lái
子把妖怪的头全砍了下来。

guò le yí zhèn yòu lái le yí gè sì tóu yāo guài tā shā qì
过了一阵，又来了一个四头妖怪，他杀气

téng téng de yàng zi shí fēn kě pà tā xiàng wáng zǐ yào sì zhī yáng zuò
腾腾的样子十分可怕，他向王子要四只羊做

xià jiǔ cài wáng zǐ yòu hé tā dǎ le qǐ lái zuì hòu nà ge yāo guài
下酒菜，王子又和他打了起来，最后那个妖怪

tóu xiáng le wáng zǐ wèn tā xiǎo gōng zhǔ zài nǎ lǐ nà sì tóu
投降了，王子问他："小公主在哪里？"那四头

yāo guài shuō tā bèi yā zài bīng huā shān dǐng fēng de yán dòng li
妖怪说："她被押在冰花山顶峰的岩洞里。"

yú shì wáng zǐ lì jí xiàng bīng huā shān dǐng fēng pá qù shān
于是王子立即向冰花山顶峰爬去，山

shang de fēng sōu sōu de guā wáng zǐ de yǎn jing dōu zhēng bu kāi
上的风"嗖嗖"地刮，王子的眼睛都睁不开

211

了，但他用超乎寻常的**毅力**坚持着，经历了几天的辛苦攀登，他终于见到了日夜思念的小公主。小公主被关在一个笼子里，一把大锁紧紧地锁着笼子门，小公主告诉他，钥匙在五头妖怪那里，只有得到了钥匙，自己才能得救。

带着这样的消息，王子下山了，他相信五头妖怪一定会来找他的。果真，过了不久，五头妖怪来了，腰间挂着一把钥匙，他向王子要五只羊**解馋**，王子二

🌼 环境描写：山上恶劣的环境，衬托出王子的勇敢和要救公主于危难的急切心情。

212

huà méi shuō jiù hé tā dǎ le qǐ lái bù zhī dǎ le
话没说就和他打了起来，不知打了

duō shao huí hé wáng zǐ yuè zhàn yuè yǒng zuì
多少回合，王子越战越勇，最

hòu bǎ wǔ tóu yāo guài dǎ sǐ le wáng zǐ ná
后把五头妖怪打死了，王子拿

zhe yào shi zài cì pá xiàng bīng huā shān
着钥匙，再次爬向冰花山。

wáng zǐ hǎo xiàng bù zhī pí juàn
王子好像不知疲倦（疲乏；困

shì de yīn wèi tā zhī dào gōng zhǔ
倦）似的，因为他知道公主

zài nà lǐ jí qiè de děng zhe tā ne
在那里急切地等着他呢。

tā bǎ gōng zhǔ jiù le chū lái guó wáng
他把公主救了出来，国王

kàn dào zì jǐ de nǚ ér háo fà wú shāng de
看到自己的女儿毫发无伤地

huí lái le xīn xǐ wàn fēn lì jí bǎ zì
回来了，欣喜万分，立即把自

jǐ zuì xīn ài de xiǎo nǚ ér xǔ pèi gěi le
己最心爱的小女儿许配给了

wáng zǐ wáng zǐ gào su guó
王子，王子告诉国

wáng zì jǐ de
王，自己的

guó jiā zài yáo
国家在遥

远的东方，自己的
父亲也是一个国家的国王，国王问起他父亲
的名字，原来两人认识，并且是多年未见的
老朋友，国王高兴极了。不久他带着女儿和
王子一起来到了王子的国家，国王见到了
王子的父亲——自己的老朋友，两人谈到了
孩子们的婚事，都非常满意，于是公主和王
子拥有了美满幸福的婚姻。

王子寻妻记

○ 暴风骤雨后会迎来更加灿烂的阳光。

从前有一个王子在森林里打猎，一不小心迷路了。他在森林里**流浪**了很久，终于在高山深处找到了一个小木屋。他敲了敲小木屋的门，一个白胡子、白头发的老头儿为他开了门。王子说："老伯伯，我迷路了，现在又累又饿，你能给

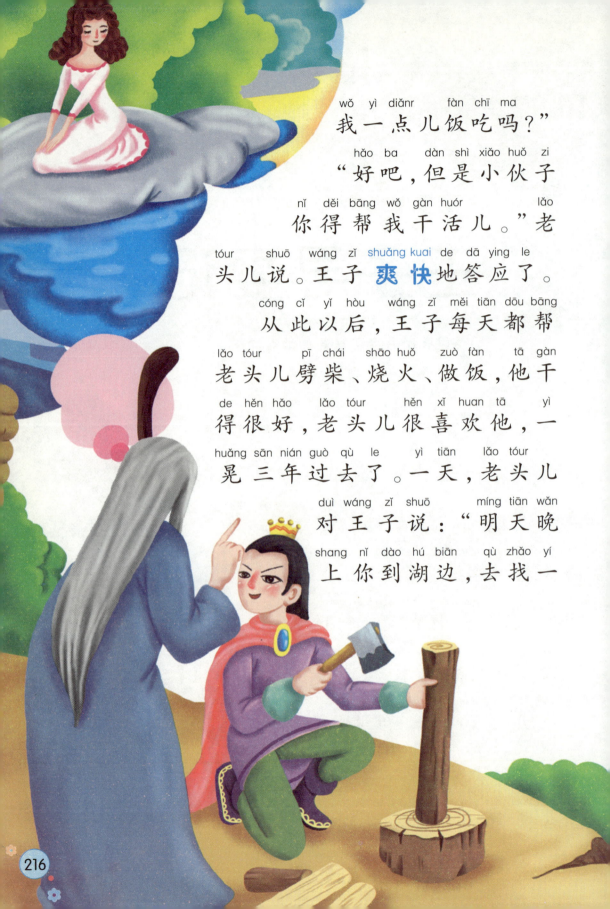

我一点儿饭吃吗？”

“好吧，但是小伙子

你得帮我干活儿。”老

头儿说。王子**爽快**地答应了。

从此以后，王子每天都帮

老头儿劈柴、烧火、做饭，他干

得很好，老头儿很喜欢他，一

晃三年过去了。一天，老头儿

对王子说：“明天晚

上你到湖边，去找一

个坐在水边的姑娘，她的外套就放在她身旁，你偷偷地把它拿过来，这样她就是你的妻子了。记住，你以后也千万别让她碰这件衣服，有了这件衣服，她会逃走的。你们下山过幸福的生活去吧！"

第二天傍晚，王子来到河边，果真在河边发现了一个**貌美如花**的姑娘，在她旁边有一件金灿灿的外套，王子按照老头儿的话把外套拿走了，姑娘只看了一眼就喜欢上了这个英俊的小伙子。

王子把姑娘领入了王宫，国王为他们举行了盛大的婚礼。婚后，王子把那件外套藏到了一个箱子里，并告诉身边的人不许让

wáng fēi pèng zhè ge xiāng zi
王妃碰这个箱子

li de yī fu
里的衣服。

yǒu yì tiān wáng zǐ
有一天，王子

dǎ liè qù le wáng fēi hé
打猎去了，王妃和

wáng hòu zài liáo tiān wáng
王后在聊天，王

fēi shuō mā ma jiù
妃说："妈妈，就

ràng wǒ shì shi xiāng zi li de yī
让我试试箱子里的衣

fu ba wǒ huì ān xīn de zuò nín de ér xí fùr
服吧，我会安心地做您的儿媳妇儿。"

wáng hòu jīn bu zhù tā de ruǎn mó yìng pào jiù tóng yì le wáng fēi
王后禁不住她的**软磨硬泡**，就同意了。王妃

chuān shàng nà jiàn jīn wài tào dùn shí shén cǎi huàn fā
穿上那件金外套，顿时神采**焕发**（光彩四射），

wáng hòu gāo xìng jí le kāi kǒu zé zé chēng zàn bú liào ér xí què
王后高兴极了，开口啧啧称赞，不料儿媳却

huà chéng yí zhèn fēng fēi zǒu le
化成一阵风飞走了。

wáng zǐ dǎ liè huí lái tīng shuō xīn niáng fēi zǒu le shāng xīn jí
王子打猎回来听说新娘飞走了，伤心极

le tā qí zhe yì pǐ mǎ qù zhǎo bái hú zi lǎo tóur le bái
了，他骑着一匹马，去找白胡子老头儿了。白

hú zi lǎo tóur jiào lái le fēng shén fēng shén shuō nǐ de qī zi
胡子老头儿叫来了风神，风神说："你的妻子

藏在钻石山上，我知道那儿的位置，但那儿很冷，你能受得了吗？""能。"王子**坚定**地说。

风神带着王子走了，越往北走，天越冷，王子都冻得快昏过去了，但他咬牙挺着。终于，钻石山到了。在山顶上，有一个小房子，一个老太婆守在门

❀ 细节描写：王子甘愿忍受寒冷而坚持前进，表现出他要找到妻子的坚决态度。

219

前，后面飞着一
百只鸟。老太婆
说："听说你是来
找我女儿的？"
王子有**礼貌**
地说："老婆婆，

我来找我的妻子。"

"我有一百个女儿，你只要能在这些女儿中找到你的妻子，你就可以带走她，要是认错了，你这辈子就别想离开这儿。"

王子心想：我只好搏一次了。

他在一群鸟中仔细地寻找着，突然他看到了一只最漂亮的鸟，直觉告诉他，这就是自己的妻子。他对老婆婆说："我的妻子就是她。"

说完，那只鸟就变回了王妃的模样。王子幸福地牵着她的手踏上了回家的旅程。

王子的爱

○不要根据一个人的外在条件去评判他。

hěn jiǔ yǐ qián yǒu yí gè
很久以前，有一个

cōng míng yīng jùn de wáng zǐ tā
聪明英俊的王子，他

dào le jié hūn de nián líng
到了结婚的年龄。

guó wáng wèn tā
国王问他：

lín guó
"邻国

de gōng zhǔ jì
的公主既

wēn róu yòu piào
温柔又漂

liang nǐ yào
亮，你要

shi xǐ huan tā wǒ jiù
是喜欢她，我就

亲自去提亲。"王子

说："父王，我喜欢聪

明的女孩，我要自己

去寻找这样的女孩。"

童话悟语

智慧的花会结出丰硕的果实，让人受用终生。美丽的外表虽然会让人赏心悦目，但拥有聪慧的头脑才是幸福的关键。

"你怎么去找呢？"国

王问。王子说："我要到民间去找，不管我找

的女孩儿是什么样的家庭背景，只要她聪

明、善良，就适合做我的妻子。"国王说："那

好吧，就随你。"

　　于是，王子贴出了布告，布告上写着：所

有行业立即停产，全城的女子都来猜谜语，

谜语的内容为：什么树有十二个杈，每个杈

上有三十片叶子？限期三天，三天后，王子

亲自来验证（通过实验使得到证实）答案。

　　这样，人们不得不停产，回家去了。一个

种菜的人挑着菜回到了家，女儿利亚见父亲**提前**回来了，就问："爸爸，发生了什么事，你怎么提前回来了？"卖菜人就把今天发生的一切告诉了女儿，女儿念叨着王子出的谜语："什么树有十二个杈，每个杈上有三十片叶子？"忽然，女儿的眼前一亮，说："这棵树不就是年吗，一年有十二个月，每个月平均有三十天，十二个月就是那树杈，三十天就是那杈上的叶子。"

三天后，利亚来到了集市上，看见了许许多多的人围在王子旁边，争相向王子**展示**自己的答案，但是没有一个人能猜中王子的谜语，利亚勇敢地把自己的答案说了出来，王子的脸上露出了笑容，他说：

🌸 **神态描写**：王子听到利亚答案后的神态——"露出了笑容"，表现了他找到心仪女孩儿时内心的欣喜。

“这个女孩儿答对了，她可以做我的妻子。”

王子把利亚带回家，国王一见这个聪明

伶俐（聪明；灵活）的女孩，立刻喜欢得不得了，为

他们准备了盛大的婚礼。后来，王子继承了

王位，利亚成为了王子事业上的好帮手。

歌唱高飞的云雀

○ 坚强的人经得住命运给他的考验。

有个人打算去旅行，就去向他三个女儿告别。他问他的三个女儿都想要点儿什么，大女儿说："我想要珍珠。"二女儿说："我想要宝石。"小女儿说："我想要一只会唱歌的云雀。"父亲想了一下，

shuō hǎo ba rú guǒ wǒ néng zhǎo dào yì zhī huì chàng gē de yún què
说："好吧，如果我能找到一只会唱歌的云雀。"

rán hòu tā jiù shàng lù le fù qīn zuì téng ài xiǎo nǚ ér le suǒ yǐ tā
然后他就上路了。父亲最疼爱小女儿了，所以他

yì zhí dōu zài xún zhǎo zhe huì chàng gē de yún què dàn shì yì zhí dào tā
一直都在寻找着会唱歌的云雀，但是一直到他

yào huí jiā de shí hou yě méi yǒu zhǎo dào tā fēi cháng ào nǎo
要回家的时候，也没有找到，他非常**懊恼**（心里别扭；懊悔烦恼）。

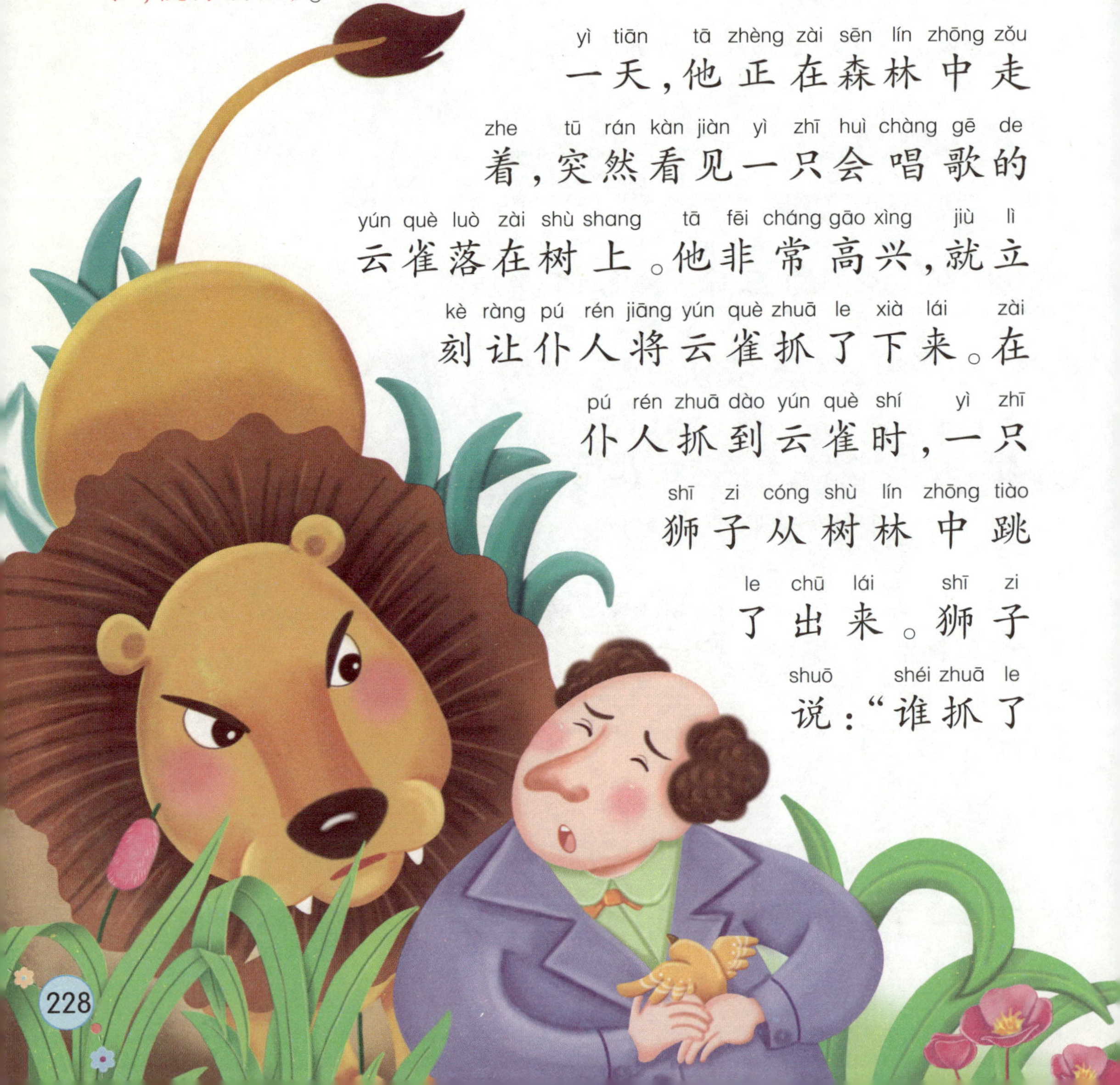

yì tiān tā zhèng zài sēn lín zhōng zǒu
一天，他正在森林中走

zhe tū rán kàn jiàn yì zhī huì chàng gē de
着，突然看见一只会唱歌的

yún què luò zài shù shang tā fēi cháng gāo xìng jiù lì
云雀落在树上。他非常高兴，就立

kè ràng pú rén jiāng yún què zhuā le xià lái zài
刻让仆人将云雀抓了下来。在

pú rén zhuā dào yún què shí yì zhī
仆人抓到云雀时，一只

shī zi cóng shù lín zhōng tiào
狮子从树林中跳

le chū lái shī zi
了出来。狮子

shuō shéi zhuā le
说："谁抓了

我的云雀我就吃掉谁。"父亲吓坏了，说："我不知道这是你的云雀，只要你能放过我，我愿意给你很多的钱。"狮子说："不行，除非你把回家后看到的第一件东西送给我，否则我就要吃了你。"父亲认为回家后会看到一只小猫或是一只小狗，就答应了。

他一回到家，他最疼爱的小女儿最先跑出来亲吻他。父亲悲伤地对他的小女儿说："天啊，这只云雀真是太贵了。"于是他告诉了小女儿一切。女儿听完之后对父亲说："没关系的，父亲，你不要太难过了，这不是你的错。"

第二天，她向父亲问清楚去狮子那里的路，便出发了。狮子其实是一个王子，他和他的臣民被施了魔法，所以他们白天变成狮子，只有到了晚上才能恢复人形。姑娘到了之后，受到了热烈的欢迎，她和王子举行了盛大的婚礼，结婚后他们非常幸福**和睦**。一天，王子对姑娘说："你的大姐要结婚了，你回去参加婚礼吧，我派一头狮子给你带路。"她回到家，大家都非常吃惊，他们还以为她被狮子吃掉了。当她告诉大家狮子是一位十分英俊的王子

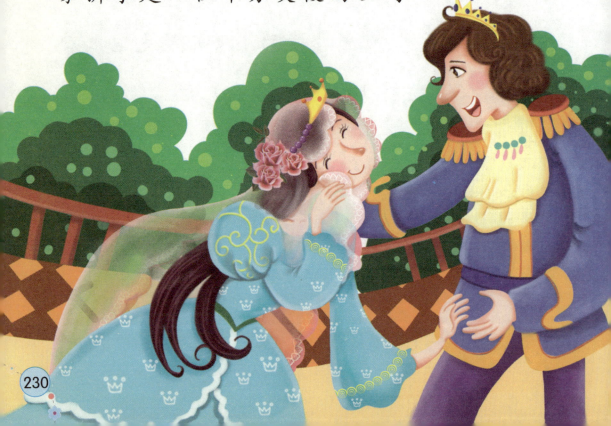

时，大家都非常高兴。在大姐婚礼结束后，她又回森林里去了。

不久，小女儿的二姐要结婚了。这次她对王子说："我不想再自己回去了，这次你一定要和我一起回去。"但是狮子不同意，因为只要有一丝烛光照在他的身上，他就会变成一只鸽子，而且要在天空中飞7年。可她不答应，她说："没关系的，我会保护好你的。"于是他们带着孩子出发了。到了姑娘的家中，她把王子安排在了一间密室里，但是谁都没有注意到密室的门上有一道小缝，当点起蜡烛的时候，一丝光线正好照到王子身上。小女儿来到了密室，却怎么也找不到王子了，她只看到了一只鸽子。鸽子对她说："我必须在天上飞7年，我会掉下羽毛给你指引我去的方向，如果你能跟着我7年，我就会得

救的。"说完他就飞出了屋子。

小女儿不停地跟着王子给她留下的羽毛走着，她一刻都不**停歇**。转眼间，7年的时间快到了，小女儿非常高兴，认为苦难就要结束了。但是事实将她的梦想无情地击碎了。因为有一天她突然找不到鸽子的羽毛了，而鸽子也不见了。于是她就去问太阳："你看见一只鸽子了吗？"太阳说："我没有看到鸽子，但是我可以给你一个小盒子，你在**危急**的时候打开它吧。"她谢过太阳后，就继续寻找王子去了。到了晚上，她看见了月亮，便问月亮有没有看见鸽子。月亮说："没有，但是我可以给你一个蛋，你到危急的时候就打开它吧。"她向月亮道谢后，就又继续赶路了。当晚风吹过她身旁的时候，她连忙问晚风："你看见一只鸽子了吗？"晚风说："没有，但是我可

以帮你问问其他的风。"东风和西风来了，它们
也都没看见鸽子，但是南风说："我看见这只鸽
子了，7年的时间已经到了，他又变成了狮子，
正在和一只恶龙**搏斗**（徒手或用刀、棒等激烈地对打）
呢。那只恶龙是一位被施了魔法的公主。"于是
晚风说："我告诉你，你到海边，那里有芦苇，你

将第十一根芦苇砍下来，拿去打龙，那样你的王子就能取胜了。当他们都变成人之后，你会看到一只大鸟，你马上和王子跳到鸟背上，它会带你们飞过大海。你拿着这枚核桃，到了大海中间就把核桃扔到大海里，它会长成一棵大树，那只大鸟好在上面休息一会儿，否则它就没有力量带你们飞过大海了。"

可怜的女孩儿到了海边，找到了那根芦苇，

235

她用芦苇用力地抽打恶龙,恶龙果然被打败了,龙和狮子都恢复了人形。小女儿非常高兴,所以她忘记了晚风给她的**忠告**,公主看到机会,就抓着王子跳到了大鸟身上,飞走了。小女儿伤心地哭了,但是她下定决心一定要找到她的丈夫。

她历尽**艰险**,终于在一个城堡里找到了王子。但是王子就要和公主举行婚礼了。她打开了太阳给她的金盒子,从里面拿出了一件金光灿灿的衣服。她穿着这件衣服走进了宫殿,公主看到这件衣服后立刻就喜欢上了,她想买下这

🐾 **动作描写:** 女孩儿与恶龙搏斗的动作,表现出了她的勇敢无畏和要救出王子的坚定决心。

236

件衣服，但是小女儿却说："你给我多少钱我都不卖，除非你让我和你的新郎**单独**待上一夜。"

公主实在是太喜欢那件衣服了，就只好同意了。

公主让仆人给王子吃下了安眠药，所以王子一直都睡着。小女儿一直对着王子说话，但是王子什么也没听到，他还以为是风吹着树叶的声音呢。天亮了，小女儿被带走了，她又把月亮送给她的蛋拿了出来，她砸开蛋，看见

里面出来了一只母鸡和12只小鸡，它们都是金的。小鸡们四处乱跑，好玩极了。这一切**恰巧**被公主在窗户中看见了，公主非常喜欢，就去问她卖多少钱。小女儿说："给我多少钱我都不卖，除非你再让我和新郎**独自**待一夜。"公主答应了，因为她想到了安眠药。王子临睡前，问仆人昨夜是怎么回事。仆人如实地说了。王子这一夜没有喝药，所以听到了

tā de shēng yīn, wáng zǐ lì
她的声音，王子立
kè jiù tīng chū nà shì tā de
刻就听出那是他的
qī zi tā shuō wǒ zhōng
妻子，他说："我终
yú cóng è mèng zhōng xǐng
于从噩梦中醒
guo lai le yīn wèi wǒ
过来了，因为我
bèi nà ge gōng zhǔ yòng zhòu
被那个公主用咒
yǔ gěi mí zhù le gǎn
语给迷住了，感
xiè shàng dì yòu bǎ nǐ
谢上帝，又把你
sòng huí wǒ shēn biān
送回我身边。"

tā men shí fēn hài pà gōng zhǔ de mó fǎ biàn lì kè cóng gōng li
他们十分害怕公主的魔法，便立刻从宫里
táo le chū qù tā men qí zài dà niǎo de shēn shang dà niǎo dài zhe tā men
逃了出去。他们骑在大鸟的身上，大鸟带着他们
fēi dào le hǎi zhōng jiān xiǎo nǚ háir jiāng hé tao rēng dào le dà hǎi li
飞到了海中间，小女孩儿将核桃扔到了大海里，
shuǐ zhōng mǎ shàng zhǎng chū le yì kē dà shù dà niǎo zài shàng miàn xiē xi
水中马上长出了一棵大树。大鸟在上面歇息
le yí huìr jiù bǎ tā men dài huí le jiā cóng cǐ tā men guò shàng le
了一会儿，就把他们带回了家。从此他们过上了
xìng fú de shēng huó bìng qiě zài yě méi yǒu fēn kāi
幸福的生活，并且再也没有分开。